WHISKAS, SATISFYER Y LEXATIN

ESPERANZA RUIZ ADSUAR

WHISKAS, SATISFYER Y LEXATIN

ediciones monóculo

© del texto: Esperanza Ruiz Adsuar, 2021
© de esta segunda edición: Ediciones Monóculo

Edición al cuidado de Julio Llorente y Daniel de Fernando

Diseño y maquetación: Pedro Coronado Jiménez

Impreso en Madrid (España)
ISBN: 978-84-124370-0-3
Depósito legal: M-25311-2021

Impresión a cargo de Estugraf

Reservados todos los derechos. No se permite reproducir parte alguna de esta publicación, cualquiera que sea el medio empleado –impresión, fotocopia, etc.–, sin el permiso previo del editor.

*A mis padres,
por llenar la casa de libros.
A Manuela, Lola, Blanca y Alejandro,
por llenarla de luz.*

ÍNDICE

INTRODUCCIÓN 11

I. APUNTES SOBRE NUESTRA ÉPOCA
   1. Sexo en Nueva York 19
   2. Mr. Potato cancelado 25
   3. Whiskas, Satisfyer y Lexatin 29
   4. Generación Épsilon 35
   5. Un mundo (aún más) feliz 41
   6. Palabras 45
   7. Obreros que votan mal 51
   8. La ley innata 57
   9. El ataque 61
  10. Crónica sentimental de los 90 65
  11. Volver 75

II. FORMAS
  12. *Buy your pride* 81
  13. Los hombres y los pantalones cachuli 85
  14. Blando es el nuevo macho 89
  15. *The Chap*: una oda al *tweed* 95
  16. Hombres elegantes 103

III. PERFILES
  17. Zemmour para iniciados 111
  18. Y Soral creó la disidencia 117
  19. Bea (Fanjul) 125
  20. *You sexy thing*, Almeida 129
  21. Marqués de Tamarón: en el otoño de la varonil edad 133
  22. Filósofos 141
  23. Sé como Sartre 145
  24. Un amigo como Sender 151

IV. AMOR
  25. Abuelos 159
  26. Maternidades 165
  27. *Melanzane alla parmigiana* 171
  28. Lo de Cuca 175
  29. Apología de lo eterno 179
  30. Con Rilke 183
  31. ¡Levantaos, sí, levantaos! 187

V. Y TRES RELATOS
  32. Heroína de barrio 195
  33. Lili 199
  34. Faralaes 205

EPÍLOGO. ENSANCHAR LA VENTANA 215

AGRADECIMIENTOS 221

INTRODUCCIÓN

En 2011 yo tenía un blog como todo hijo de vecino. Como otros escritores tienen una granja en África, una enfermedad venérea, el corazón roto o la ambición de ganar el premio Mariano de Cavia.

Escribía en él sin pretensiones, ahora pienso que también sin una motivación específica. Lo hacía de manera irregular, a demanda del sistema límbico, como un bebé de pecho, o del corazón bombeando desordenado y tumultuoso, sin respeto –literario– por los eventuales lectores. Y el caso es que los tenía. Provenían casi en su totalidad de mi círculo más próximo y me animaban a continuar. Yo sospechaba que, más que la calidad de los escritos, les movía el cotilleo. Cuando me incorporé a redes sociales, tardísimo, como hago con cualquier *modernez*, comencé a difundirlos por ese medio.

Muy poco a poco, a los lectores primitivos del blog se fueron sumando otros anónimos. Mis seguidores crecían a la par que mi inconsciencia. Así pues, no tengo una historia de una gran vocación detrás, o de diarios y cuentos escritos a la edad de tres años, ni de no recordar querer ser otra cosa en la vida que escritora. Nunca antes había escrito, nada estuvo planeado. Poniendo a prueba el criterio de los que me jaleaban, me presenté a un par de certámenes literarios que gané.

El reconocido periodista Gonzalo Altozano pidió mi contacto a un amigo común tras leer algunos de mis textos. Me escribió un correo electrónico presentándose sin mucho formalismo; me dijo que no entendía qué hacía oculta en la *deepweb*, que quizá era mejor porque no había podido adquirir vicios –como escritora– y que prefería mi versión poligonera –siempre como escritora, espero– que como «ancianita de la liga de la decencia».

Me propuso una colaboración en el medio que dirigía y yo cumplí mi sueño de ser descubierta en el metro por un cazatalentos como las súper modelos de los 90. Mi fenotipo no me llevó a las pasarelas internacionales en la adolescencia pero, desde entonces, llamo a Altozano el John Casablancas del periodismo. No me quiten esa ilusión de fantasía púber realizada.

Un año después llegó «Whiskas». Antes, los acontecimientos se habían ido sucediendo de forma asombrosa para mí. El director de *El Debate de Hoy*, Pablo Velasco, me había ofrecido otra colaboración en su medio, me habían pedido un artículo desde la publicación británica *The Chap* y el prólogo de un libro, y me habían invitado a algunos *podcasts*.

Tenía en mente buscar tema para mi entrega de diciembre de 2020 para *El Debate* cuando me topé con el ingenio del tuitero Ignacio Raggio. Sobre la imagen de la portada del número del mismo mes de *The New Yorker* había escrito: «Whiskas, Satisfyer y Lexatin». En ese momento decidí que ese título, esa frase que con sólo tres marcas publicitarias definía la posmodernidad de muchas, no podía quedar sin desarrollar. Pedí permiso a Raggio para usarla y escribí el artículo con la intención de denunciar cómo las opciones y modelos que la sociedad propone a las mujeres jóvenes estaban abocándolas, quizá sin ser ellas conscientes, a un futuro de frustración e infelicidad. Lo envié con la eterna inseguridad de si el trabajo estaría a la altura de las expectativas y la confianza depositada en mí.

El día de la publicación fue un desmadre. El artículo empezó a ser compartido, a cosechar comentarios elogiosísimos, duras críticas –aún no he conseguido entender que cierto sector se enfurruñara–, mensajes privados, seguidores e invitaciones a conferencias. También, es curioso, puso a prueba amistades. Con todo, la peor parte se la llevó Raggio, que libraba su propia batalla contra presentadoras de *La Sexta* y otras hierbas de la España Movistar que se sintieron aludidas. En su particular quilombo, denunciaron su cuenta de Twitter y yo tuve que proteger la mía para no correr la misma suerte.

Ese día sobreviví a «Whiskas» gracias a Borja Mora-Figueroa (¡eterno agradecimiento!) y a la química moderna. También ese día descubrí que *estepaís* es otro rollo. Con sus vicios nacionales y sus susceptibilidades. Pero hay que quererlo así.

El artículo de marras me ha permitido contar con la confianza de Cristian Campos para publicar en *El Español*, y ser invitada a coloquios y charlas. Lo que nunca esperé fue recibir correos con testimonios de lectores que me agradecían la oportunidad de reafirmar sus decisiones de ir contracorriente en la gestión de su juventud.

En este libro encontrarán una recopilación de artículos publicados antes y después en distintos medios (*El Debate de Hoy*, *Revista Centinela*, *El Español*, *La Iberia* o mi blog). Fue con el *spin off* del blog, al comenzar los «cameos», cuando vi que «la cosa» se ponía seria. Cuando comenzaron a surgir las dudas.

El carácter lúdico que hasta entonces yo atribuía a la escritura pasó a mostrarme la cara amarga, la de abrir la herida, que es la que hermana con el lector. En ese momento aparecieron las preguntas sobre qué es escribir. Por qué lo hacemos. Yo creía tenerlo claro; sólo había una pregunta y era un para quién. «Escribimos para que nos quieran», solía afirmar, categórica. Cuando escribimos somos niños haciendo monerías delante de las visitas, pavos reales desplegando la cola, escaparates con neones. El escritor Ramón J. Sender, a quien dedico uno de los artículos, compartía la siguiente reflexión con Carmen Laforet, autora de la novela *Nada*:

>Si tienes la sensación de plenitud que da una vida lograda y feliz, ¿para qué escribir? ¿Para enriquecer a algún editor idiota? ¿Para que le hagan a uno académico y lo lleven a ese panteón con las otras momias? ¿Para decir a la gente sencilla y sana *mira qué listo soy*? ¿O *qué complicado*? ¿O *qué pícaro*? ¿Para hacer lo que Narciso en la fuente? A todos nos va a llevar el diablo, un día no lejano.

Julio Camba decía que la escritura era la profesionalización de la tara psicológica. Yo qué sé. Es muy fácil ver cuándo una amiga sale con un tipo indeseable; cuesta un poquito más si el chorbo defectuoso es el propio.

La compilación de lo escrito a lo largo de uno o dos años produce vértigo. De repente, una empieza a pensar en quién va a leerle. Y entonces te felicitan amigos del colegio, y caes en que puede que aquéllos que hayan derrapado hacia la socialdemocracia no te avisen en la próxima reunión de antiguos alumnos. Exnovios que levanten una ceja al pasar por una librería y ver tu nombre escrito en una portada, profesores, antiguos jefes o familia que pensaba que del caos nunca nacería el talento. Escribir es escandalizar a tus padres. Por no hablar de los lectores que no te conocen y a los que te gustaría explicar que sueles usar la ironía y que en el fondo eres todo bondad. O como decía Gistau parafraseando Camba: «No me tomen demasiado en serio pero tampoco demasiado a broma».

La selección de artículos realizada por los responsables de Ediciones Monóculo es ecléctica y aún así forma un conjunto que trata de poner el acento en la configuración de nuestra sociedad y nuestras almas. Mi gran amigo Juan Pérez de Guzmán me anima a menudo a descubrir personajes de la política francesa que aportan una altura de debate a la que no estamos acostumbrados en España. A tales perfiles les he dedicado algunos textos, tratando de que la escritura compensara la aridez del tema tratado en su caso. Los perfiles de personajes patrios y el retrato sociológico también ocupan buena parte del libro y constituyen un género que me satisface especialmente escribir. A los lectores, en cambio, les suelen satisfacer los dedicados a la intimidad.

Escribir es representar, en cada texto, el soneto *Los varios efectos del amor* de Lope de Vega, aunque por ahora lo hacemos –como dirían Los Ronaldos– porque nos gusta y porque nos divierte. El «fénix de los ingenios», por cierto, fue tan prolífico que hablaba así de su capacidad y su obra:

> Más de ciento
> en horas veinticuatro
> pasaron de las musas al teatro.

Las musas para Lope eran su propia vida: sus amores carnales, sus experiencias místicas, sus malas relaciones con el poder y con los colegas…

Algo me dice que vamos por buen camino. Acuérdense de Camba.

I

APUNTES SOBRE NUESTRA ÉPOCA

1

SEXO EN NUEVA YORK

Tengo una mala noticia y una buena. La mala es que vuelve *Sexo en Nueva York*. La buena es que lo hace sin una de sus más insoportables protagonistas, Samantha Jones. Al parecer sus pésimas relaciones con el personaje principal de la serie, Carrie Bradshaw (la actriz Sarah Jessica Parker es la que da vida a la pesadilla con Manolos), han obrado el milagro.

Claro que, si usted es de las que salivaba cual perro de Pávlov cuando oía el *titutitutitu ti tititi* de la sintonía de cabecera, no tengo ninguna buena noticia que darle sobre su vida. En ningún ámbito.

He visto la serie. No sé si completa y en ningún caso lo he hecho siguiendo el orden de capítulos o temporadas, pero lo suficiente como para no dar crédito al ejército de mujeres que siguen lobotomizadas por una pandilla de treintañeras hedonistas con el argumento de «la amistad entre mujeres y las relaciones con los hombres» como falsa bandera. Para los que mantengan su espíritu virgen y no hayan formado parte de los 10,4 millones (de norteamericanos, desconozco las cifras en España) que vieron el último capítulo, les pongo en antecedentes.

Sexo en Nueva York (Sex and the City) es una producción de HBO que se emitió desde 1998 hasta 2004. En total, 94 capítulos repartidos a lo largo de un viacrucis de seis temporadas. Dos personas tienen reservado su círculo en el infierno por ello: Michael Patrick King –productor ejecutivo, guionista de la serie original y director de las dos películas que surgieron como *spin off* de la misma– y Candace Bushnell.

EL COMIENZO DE TODO

Centrémonos en ella. Bushnell nació en 1958 en Glastonbury (Connecticut), por lo que ya es sexagenaria. A finales de los setenta, cuando aún era una estudiante en la Rice University, descubre la *city*. Concretamente Studio 54, en Broadway. Abandonó la universidad y trató de sobrevivir buscando trabajos como actriz o modelo, pero finalmente se rindió a la evidencia y comenzó a escribir. En 1993, contratada por *The New York Observer*, escribía columnas sobre alcohólicos rehabilitados o *yonkies* que recaían al llegar a Nueva York. A sus 35 años apenas llegaba a fin de mes, pero era el alma de la fiesta. En el periódico le proponen que escriba sobre sus correrías y las de sus amigas y así nace la columna «Sex and the city». Candace firmaba sus crónicas con el pseudónimo de «Carrie» para que sus padres no pillaran que no era un modelo de virtud en su neoyorkina cotidianidad. Pronto comienza a rodearse de lo más granado del Upper East Side y a escribir sobre el estilo de vida de todo NY. La popularidad de Bushnell sube como la espuma y ella traba amistad con diseñadores, esposas de ricos magnates o escritores malditos; Bret Easton Ellis, uno de sus íntimos, se quejaba a ella de que la gente pensaba que era un *psycho-killer* cuando escribía *American Psycho*. Por aquella época conoció al empresario editorial Ron Galotti, *alter ego* de Mr. Big, protagonista masculino de la serie que logra dividir a la audiencia femenina con sus maneras de hombre anticompromiso pero forrado, guapo y viril.

La columna de Bushnell, con la que pretendía tomar el pulso a la alta cuna y la baja cama de la ciudad, se convierte en lo más leído del periódico. En las oficinas de la *city* los faxes comienzan a arder con cada reenvío y muchos de los que compraban el *New York Observer* lo hacían sólo por leerla. Aquella crónica social y personal acabó dando agradecidos hijos: un libro, la serie y dos películas.

En palabras de Nicole Clemens, presidente de Paramount TV, plataforma que producirá la nueva serie: «El libro y la serie original sirvieron como piedra de toque para toda una generación de mujeres, incluida yo misma».

Lo cierto es que *Sexo en Nueva York* se convirtió en un icono del empoderamiento femenino y abrió las puertas a hablar del sexo de las mujeres en la televisión. Como segunda derivada, trató el tema de la amistad entre mujeres como el paroxismo de la felicidad y la seguridad. No pocas aspiraron a tener amigas que les llevaran un trozo de tarta de la mejor pastelería de la ciudad cuando sufrían una ruptura sentimental o que las ayudaran a elegir carísima lencería para una cita, en una muestra radical y profunda de lealtad sin límites. Ni Aristóteles en su *Ética a Nicómaco* la habría definido mejor.

¿Sólo? No, claro que no. La industria no da puntada sin hilo. No regala «valores», aunque sean equivocados, altruistamente.

EL *PRODUCT PLACEMENT* EN EL SÉPTIMO ARTE

Hollywood ha sido un escaparate más para muchos diseñadores. Tomemos como ejemplo a Richard Gere o Kevin Costner vestidos de Armani en *American gigolo* y *Los intocables de Eliot Ness* (respectivamente); a Robert Redford de Ralph Lauren en *El gran Gatsby*; a Mila Jovovich de Jean Paul Gaultier en *El quinto elemento*; a Jude Law de Margiela en el *remake* de *Alfie*; y a Audrey Hepburn de Givenchy en *Charada*.

La infausta época de Pierce Brosnan como James Bond inaugura un nuevo «género» del séptimo arte, el del *product placement*. En ese momento se empieza a abusar de esta técnica de marketing hasta límites insospechados; en ocasiones, una se pregunta si lo que acaba de ver es una película o un *spot* publicitario de dos horas. Pero el público se muestra dócil y se entusiasma con la idea. No importa que el dinero de las marcas desnaturalice personajes y guiones haciendo, por ejemplo, que James Bond conduzca un coche alemán con un traje italiano, como si fuera un director comercial; o que hasta la secretaria de *Carrie* utilice un bolso edición limitada de Louis Vuitton. Lógicamente, *Sexo en NY* pertenece a ese tipo de cintas donde casi todo está supeditado, de una manera bastante burda, a la puesta en escena de cuantos más productos, mejor.

Si se considera sólo el punto de vista estético, el universo preciosista de *Mad Men* ha influido más en la moda que *Sexo en NY*. Pero Carrie y sus amigas tienen ese aire facilón y ligero de revista de peluquería. Por eso levantan pasiones entre una audiencia a la que han educado en trapitos. *Sexo en NY* no es más que un trabajo de estilismo que tuvo la originalidad de hacer de la ciudad de los rascacielos un personaje más. Por lo demás, una concepción del mundo superficial y petarda a la que no le interesa ir más allá del *show*, de la *champagne society* y de proponer a Carrie Bradshaw como modelo hasta que presenten a la siguiente, en una oligofrénica búsqueda del perfecto consumidor.

¿TODAVÍA HAY SEXO EN NUEVA YORK?

Y, de esta manera, le ha llegado el turno a la generación de las que ahora se encuentran en la cincuentena. La nueva novela de Candace Bushnell (casada finalmente en 2002 con Charles Askegard, bailarín principal del NYC Ballet, y divorciada en 2011) se titula *¿Todavía hay sexo en NY?*

Clemens, que ha producido los diez capítulos de la nueva serie esta primavera (con el nombre de *And just like that*), vuelve a la carga: «Estamos encantados de poder continuar esa conversación desde el punto de vista de mujeres de más de cincuenta años y responder: "¡Sí! Hay más sexo en NY"».

Hay que reconocer que no dejan solas a sus criaturas. Después de desviar el foco de miles de jóvenes seguidoras a base de *cupcakes*, *cosmopolitans*, bolsos para los que necesitan ahorrar dos años y sexo casual, pretenden reafirmar su mensaje. Atisbábamos una glamurización de la segunda vuelta. De la sordidez de la vida de mujeres maduras que hacen de su vida un *after*. El empoderamiento de las *terelus*, que, según Candace Bushnell, ya no buscan empezar una familia; sólo encontrar hombres más jóvenes que les hagan compañía y divertirse. Mucho nos tememos que la frase «desechos de tienta» sobrevuele el discurso de la escritora: «En la actualidad no hay hombres de calidad que quieran mantener una relación».

No sabemos qué tal les saldrá la jugada, pero, por si acaso, les prevengo: Bushnell ha declarado recientemente al *Sunday Times* que cuando tenía treinta o cuarenta años no pensaba en tener hijos. Ahora siente que las mujeres que formaron una familia tienen un ancla de la que ella carece.

Sea como fuere, está todo el pescado de la posmodernidad vendido y una ya sólo les pide que, por lo menos, en esta nueva etapa, abandonen la cursilería.

2
MR. POTATO CANCELADO

Primero vinieron a por las barbies y yo no dije nada, porque no era una Barbie; luego vinieron a por Mr. Potato y ya han conseguido que la juguetera Hasbro le retire el tratamiento de «señor» al tubérculo de plástico, para no traumatizar a los pobres guajes con estas cosas del género. La sección norteamericana del pensamiento unicornio está que se sale, como siempre. Tienen la fe del converso o, más bien, el cariño del progenitor B por sus criaturas, los «estudios culturales», que han integrado con éxito en múltiples campus estadounidenses. De esos polvos, este follón.

Pero no crean, dentro del capítulo infantil, no sólo el señor Patata ha sido víctima de eso que llaman eufemísticamente la «cancelación cultural». También la literatura. Una serie de títulos del escritor Theodor Geisel, conocido popularmente como Dr. Seuss, han sido retirados de la venta por utilizar términos como «ojos rasgados» para referirse a un personaje asiático. La ideología *woke* tiene problemas con la realidad, o con los hechos, que diría Ben Shapiro. Una creía que sólo Hergé era infrecuentable. Rindámonos a la evidencia: aunque un poquito menos, el creador del Grinch también lo es. A este paso no se salva nada ni nadie.

Aceptamos que Tintín fuera «facha» y los Conguitos un insulto a las tribus del África «racializada»; que los franceses soportaran difícilmente el dibujo de un tirador senegalés en el bote de Banania, su cacao instantáneo; que la repostería del país vecino tuviera que cancelar el clásico *tête de nègre*; que tenga que desaparecer el color *testa di moro*; y que el postre de las bodas pijas, la «tarta árabe», sea rebautizado como «tarta mediterránea». Ahora, yo sólo pido que no fuercen mucho más la máquina, por favor. Que nos den un respiro porque yo ya no gano para tanta pérdida de referencias. El antiguo mundo se desmorona y llega el *brave new world*.

Por suerte, dentro de la Internacional unicornio, el negociado español juega en otra liga. ¡Bendito atraso secular! Las variantes de nuestro progresismo *über alles* se encuadran en la conocida como «España Movistar», formada por los monologuistas, guionistas y animadores radiotelevisivos de la sección Malasaña-Chueca, por algunas terminales mediáticas que no merecen mayor atención y por la reserva moral de Occidente: el actor ideológicamente comprometido. Obviamente, para que el cóctel anterior sea perfecto, faltan las militantes del 8M.

A éstas, cuando no pretenden sodomizar a los heteros binarios, les da por la pintura. Concretamente por los murales «feministas». Diríase que estos murales se reproducen por esporas. Hace unos meses tuvimos lío con uno situado en el distrito de Ciudad Lineal. Un mítico barrio de letras, y no de las literarias sino de las de cambio, símbolo del desarrollismo. Sobre el muro de hormigón del polideportivo, en tonos ideológicamente neutros que van del malva al rosa magenta, el retrato de quince mujeres. Todas santas laicas de la izquierda progenitora B y maestra. Algunas, como Rosa Parks o Nina Simone, encajan peor en el conjunto, pero suponemos que es bueno para el convento porque son caución moral de anarquistas y guerrilleras.

Pues bien, el *fascio* que gobierna en el Ayuntamiento de Madrid decidió borrarlo, aunque, tranquilos, fue salvado *in extremis* gracias a la intervención del partido de los abrazos y el centro centrado. ¡Alborozo y milagro! La obra indultada se reprodujo en otro muro en Alcalá de Henares. Sin embargo, el 8M nos hemos quedado sin ir con flores a porfía al altar de las venerables. Ambos murales han sido emborronados. Vandalizados en «acto machista», según Errejón y Maestre. Esta última exigió a Almeida por escrito la custodia del mazacote. Allí, por lo visto, algunos sí quieren ver a la policía municipal.

Otra vez el alcalde a limpiar pintadas, me temo. Que si bórrame un A.C.A.B aquí, que si quítale el bigote a Frida allá. Ah, no, que es suyo…

Esto de saber qué se puede cancelar y qué no se está convirtiendo en un quebradero de cabeza. Al final los estudios culturales van a ser necesarios. Sería importante que explicaran si tacharle la cara a una francotiradora de la IIGM es machismo o ignominia fascista. Y una legislación clara sobre los corazones de tiza en la pared y las pichas de los 80 en las fachadas, por favor. A ver si vamos a cancelar a lo loco, y no.

De todas formas, pongamos las barbas a remojar porque hemos abandonado la velocidad de crucero en esto de ser modernos y no es descartable que para antes de 2030 algún rector emule a la Universidad de Columbia.

La ceremonia de graduación de este año se multiplicará en forma de graduaciones secundarias segregadas por raza, origen (FLI, para inmigrantes de primera generación y bajos ingresos) y sexo (graduación «lavanda» para el colectivo LGBTQIA+). No sabemos qué pensaría de esto Rosa Parks, ni en cuál debería sentirse representada Paca la Piraña. Esta suerte de apartheid plantea permutaciones infinitas (alguien en Twitter se pregunta que qué hay para las minorías ilustradas) y resulta opresivo y discriminatorio.

Como la nueva ocurrencia en los supermercados useños: informar del origen del proveedor de cada producto. Usted debe saber qué es negro, asiático o hispánico para comprar bien. Imagine que el agricultor que cultiva el maíz de su ensalada es un padre de familia blanco, republicano y católico: usted no podría expiar la culpa de comprar su mercancía ni en mil años que viviera.

Aun así, no se inquieten. Un padre de familia blanco, católico y heterosexual empieza a ser más raro que un Stradivarius.

3
WHISKAS, SATISFYER Y LEXATIN

Flora es una mujer libre e independiente. Nació a principios de los 90 en algún punto de la España vaciada que le cuesta confesar, sobre todo cuando está *malasañeando* o *chuequeando* los findes por la mañana. Se lo ha montado bien. Vino a estudiar a Madrid hace algunos años y ahora ha alquilado un pisito en un antiguo inmueble con corrala, pero reformado. Lo paga caro, aunque ella es feliz en su barrio que cuatro fachas tildan de «estercolero multicultural». Tiene a un tiro de piedra la zona de Embajadores, que un conocidísimo grupo editorial ya considera como una de las más *cool* de Europa, algo que le llena de orgullo y satisfacción. A veces, cuando va a cenar al restaurante armenio de la esquina, dedica una sonrisa a Mamadou, recién llegado de Costa de Marfil vía Mauritania, y un sentimiento de solidaridad la invade. Subió una foto con él a Instagram: *hashtags* #blacklivesmatter #lasrazasnoexisten #picoftheday.

Como Andrea Levy, Flora enloquece bailando la versión que Ojete Calor ha hecho del *Agapimú*. Eso sí, ella baila sola. O más bien con su grupo de amigos gais y alguna amiga. Pasa de complicarse la vida con los tíos.

Después de una relación traumática con su novio *detodalavida* –con el tiempo se dio cuenta de sus innumerables micromachismos– y alguna que otra decepción, no se plantea nada. Sólo escoge en Tinder. Flora ha conocido más hombres que la Tacones, pero se siente muy empoderada. Hasta tal punto que acaricia la idea de intimar con una mujer... De todas formas, cuando la cosa no está muy boyante, siempre puede utilizar el artilugio rosa a pilas –que compró con descuentazo de Black Friday– después de una copa de Verdejo. Si eso no la ayuda a dormir, tirará de ansiolíticos. Mañana lo comentará con un *coach* que ha empezado a ver; están trabajando la resiliencia y la actitud disruptiva. A Flora le gusta mucho pensar *out of the box*.

Flora está abonada a todas las plataformas de entretenimiento posibles. En Twitter comenta que está esperando con muchas ganas lo último de David Simon sobre las Brigadas Internacionales, pero en el fondo le gusta *Emily in Paris* y su placer culpable son los *realities* donde fornidos maromos intiman, o pretenden intimar, con el sexo opuesto –si es que el sexo opuesto existe y no es un constructo social. Flora nunca se ha puesto «como las Grecas», si acaso pequeños excesos alcohólicos y benzodiacepinas que toma a escondidas, pero le encanta decir que se pone «como las Grecas». Algún finde, sola y para acompañar la enésima reposición de *Friends* o *Sexo en Nueva York*, pide un exceso de grasas e hidratos de carbono a cualquier aplicación que ha descargado en el iPhone. Le trae la manduca Wilfredo, por el que tiene menos simpatía que por Mamadou. Quizá el problema estribe en que el pobre Wilfredo tiene una pinta demasiado heteropatriarcal y cristiana.

Flora es víctima de todos los «soma» que ofrece la posmodernidad: comida basura, tranquilizantes, entretenimiento «penevulvar» –Juan Manuel de Prada *dixit*– y la tecnología que producen los hechiceros repartidos entre Nueva York y el Valle del Silicio. Al menos tiene en común con ellos que es pro Biden y que le cae bien Mamadou.

Se sintió aliviada cuando leyó en un tuit de Clara Serra que había que cabalgar las contradicciones sin culpa. La exdiputada de Podemos se refería al feminismo argentino que rinde culto a Maradona, pero Flora ha comprendido así que los «lunes sin carne», que lleva a rajatabla, no están reñidos con el buey de Kobe que se calza cuando sale a cenar al *japo* con las de la *ofi*. Sin embargo, ella no es de Podemos. Prefiere todos los -ismos con el barniz de Ciudadanos, que le da un aspecto más aseado al asunto.

Políticamente Flora es un grifo de agua templada. Gasta la ideología de un yogur desnatado: liberal tirando a la izquierda.

En las últimas elecciones votó al PSOE para frenar a «la ultraderecha fascista», porque lo único que no admite Flora son los «fachas». Trabaja duro para ahorrar y cumplir algún día su sueño: ser la CEO de una empresa de cosmética libre de crueldad animal o de manufactura de bolsos veganos personalizables. Lo que surja.

El historial de Google revela su última búsqueda: «congelar óvulos».

El número de la primera semana de diciembre de *The New Yorker* lleva en portada una ilustración escalofriante y Nacho Raggio la ha bautizado como si se tratara de un cuadro de Banksy o una canción de Nancys Rubias: *Whiskas, Satisfyer y Lexatin*. En ella una joven mestiza, racializada o de raza fluida aparece frente al ordenador en su apartamento en el transcurso de una videollamada: copa en mano –móvil en la otra–, maquillada y ataviada con una blusa elegante. A su alrededor un aquelarre de botellas de vino, mascarillas, mascotas, botes de gel hidroalcohólico, piernas sin depilar, paquetes de Amazon y bolsas de patatas por el suelo. Entropía que predice caos y vísceras hechas añicos. El ilustrador la ha titulado *Love Story* y pretende reflejar las nuevas formas de encontrar el amor y tener citas en pandemia. El progresismo de *The New Yorker* nunca plasmaría la mísera realidad de lo que en rigor son *locked stories*.

El joven adulto posmoderno es una mezcla de la *doxa* sistémica, aplicaciones para ligar y entrega de comida basura a domicilio en tiempo récord. La falsa liberación sexual que esclaviza a golpe de pulgar, los antidepresivos, la intolerancia al sacrificio y a la frustración, el arrinconamiento de la verdad y su sustitución por «valores» diseñados a medida (intercambiables y de usar y tirar) han construido un monstruo generacional. Cualquier discernimiento intelectual o espiritual queda supeditado a la causa de moda. La emancipación del hombre como forma sibilina de tiranía. Su máximo interés «cultural» son las series que transmiten ciertos ideales pagados por la Insobornable Contemporaneidad. Inmerso en el folclore antifóbico, entusiasmado por la deconstrucción –que no es más que la ridiculización de todas las virtudes– y coqueteando con el antiespecismo, rechaza cualquier trascendencia ontológica o humanista. ¿El resultado? Hedonismo perezoso, sin un ápice de vigor moral. Y soledad. ¿Quién se lo iba a decir a Gustave Le Bon, en la «era de las muchedumbres»? El alma destruida es el sustrato de la industria antropológica, una *tabula rasa*. Gramsci decía que la guerra y la fábrica, al desarraigar de todo vínculo, servían de forja del hombre nuevo. En nuestro tiempo son la tecnología, el entretenimiento sexual gratis e infinito y el consumismo los que dejan inoperantes a los hombres.

Flora no tiene plan para estas Navidades y cree que no podrá volver al pueblo. Tampoco tiene claro si se reunirán en casa de alguna amiga o brindarán por Zoom. Lo único seguro es que no va a comprar regalos del amigo invisible ni vestido de Nochevieja. Lo más probable es que ponga velas y una corona de Adviento, cocine *cinnamon rolls* y vista a su gato de elfo. Ayer, inopinadamente, recordó que le encantaba ir con su abuela a la Misa de Gallo y escuchar villancicos. La terneza con que su madre la vestía para la ocasión con el abrigo de los domingos y el aroma a leña y sopa de Nochebuena que impregnaba la casa.

La naturaleza humana se rebela ante la creación del hombre nuevo, porque está hecha para la trascendencia. Tan sólo es necesario que existan rescoldos –por eso la tradición es revolución. Quizá un día, sin saber por qué, esos rescoldos reciban un soplo divino, a lo *Génesis* 2:7, y la llama vuelva a prender. Quizá sea esta Navidad, distópica para la mundialización tecnomercantil y digital pero no para el que tiene que nacer, que lo hará como siempre: pobre y rechazado.

4

GENERACIÓN ÉPSILON

No es ningún secreto que la sociedad de consumo y el marketing transforman a uno en perfecto miembro del rebaño contándole lo original y *cool* que es. No me voy a poner estupenda con alegatos antimodernos, porque hoy no toca, pero movimientos como el de la revolución conservadora alemana nos enseñan cómo uno puede vivir perfectamente acorde con su tiempo y apreciar aquello que tiene de apreciable, pero teniendo un «corazón aventurero» –¡hola, Ernst, allá donde estés!– anclado en valores que no son precisamente los del mercado.

Y es que si hay una generación que ha sufrido terriblemente la mediocridad de nuestro tiempo es la nacida entre 1968 y 1983. Recuerdan a los «epsilones» de la novela de Huxley *Un mundo feliz*, pero no precisamente porque sean poco agraciados, sino porque están destinados a hacer una tarea muy desagradable sin saberlo: sacrificarse con una sonrisa en el altar de todas las estupideces, lugares comunes, papanaterías e infinitas modas que propone el tigre que cabalgamos.

La mentalidad de esclavo y la mediocridad *cool* es transversal. No hay distinción de raza, sexo, religión o clase social y, por supuesto, una educación cara no libra de las cadenas. Reconocer a este tipo de personaje es una tarea que puede resultar ardua. Aquí os dejo una serie de criterios, ordenados de cualquier manera, que espero sean de ayuda:

No hay un solo épsilon que no se haya decantado a principios de los años 2000 por la tendencia de la decoración panasiática y, lógicamente, que no haya transformado su chalé de Conde de Orgaz, o su piso en la Alameda de Osuna o Las Rozas en una especie de pagoda importada del Delta del Mekong: velas zen, Budas, incienso, jungla... El orientalismo de medio pelo, pero también su obsesión por los dioses hindúes, es una buena manera de detectarlos. De todas maneras, hoy les gusta más la «deco cozy» y el estilo escandinavo de la meseta; o el ñoñismo de la decoradora Luisa Olazábal si tienen posibles. Su universo de confinamiento: Vishnu en el trastero, muebles lacados en color hueso, falso –o cutre– rústico de tienda de centro comercial, exceso de lino crudo y colores pastel. Netflix y HBO en vena. Y Jabois es cultura.

Resolutivamente urbanitas, los epsilones limitan geográficamente al norte con Pedraza o la sierra madrileña y al suroeste con Jaraíz de la Vera. Hacen como la pobre María Antonieta cuando iba de pastora al *hameau de la Reine*: se dan un baño de ruralidad en ambientes «rústico-chics». Su perímetro de seguridad llega a los 250 kilómetros al exterior de Madrid. Más allá empiezan a transformarse en *gremlins* después de una ducha. Tienen mono de asfalto.

Políticamente creen ser conservadores pero su corazoncito pertenece a Albert Rivera y creen que Juan Carlos Girauta «tiene aura» (visto en Twitter). Para ellos,

Adolfo Suárez ha sido un dios del Olimpo, un unicornio mezcla de Catalina de Rusia y Carl von Clausewitz. La Constitución, Europa y la Transición son historia casi sagrada. Ni siquiera esta cuarentena de arresto domiciliario les da pistas de que quizás el mantra de «los padres de la Constitución» venía con trampa. Se han creído el insoportable «blablá», hoy papel mojado y consignas, del profesor en las clases de Derecho Constitucional o Comunitario. Aullaban en los 90 cuando Felipe González iba a dar una conferencia a la facultad, pero ahora lo consideran un gran hombre de Estado.

Han saciado su sed en los documentales de Victoria Prego y en las películas de Pilar Miró o de Coixet. En realidad, son extremo-centro tirando a la izquierda, «liberales en lo económico», dicen, pero también en lo moral. Su tibieza es su esencia y hacen suya la interpretación *revertiana* de la historia; aplauden cada vez que Arturo Pérez-Reverte –para ellos don Arturo– habla de lo necesarias que habrían sido las guillotinas aquí hace dos siglos y pico. Sus frases favoritas: «España cainita», «no tenemos remedio», «aquí siempre acabamos a garrotazos», «somos expertos en guerracivilismo», etc. No han salido mucho de casa, pero admiran exageradamente a «Europa», en su versión administrativa, claro, que sólo conocen por turismo, algún Erasmus o un curso de verano. Macron es la leche, Trump el problema y Valls era la solución para el embrollo catalán... Son ontológicamente cosmopaletos.

Han crecido con catequesis kumbayá y, precisamente por eso, tienen un ramalazo sincretista que les lleva a surfear el Kali Yuga sin despeinarse y pensar en la India como el lugar ideal para encontrarse con su yo, ése que hace eco en sus cuerpos desgrasados o engrasados en consultas de cirujanos de moda. Porque la generación épsilon es la primera que empieza a envejecer sin aceptarlo. Son las víctimas primigenias de la sociedad de la imagen, los primeros a los que la moda *selfie* les pilló un poco arrugaditos.

En consecuencia, ahorran y hacen cola en la puerta del cirujano de Letizia (musa épsilon por excelencia) o de Alaska. A decir verdad, es el mismo procedimiento que realizan para hacerse con el último bolso de Vuitton. O de la influencer que toque. Porque, faltaría más, también son carne de Instagram. Allí donde haya vacío existencial se sienten como niños con zapatos nuevos.

Les pirra todo lo que sea «consensuado» o «leal», leen con pasión a María Dueñas, Carmen Posadas o Pilar Eyre y pasan miedito con Dolores Redondo. Ni una biblioteca sin su Planeta. Adoran a los gais con exageración puesto que los epsilones no incorporan el hecho homosexual, antaño más creativo y transgresor, con naturalidad. Tener un amigo gay, mejor si es papá por «gestación subrogada», eleva al infinito su grado de *coolness*. La «semana del orgullo» se pierden, por lo menos un día, en el barrio madrileño de Justicia.

Escuchan sin tapujos a Julia Otero, cenan frugalmente y sin carbohidratos con *El Hormiguero*, pero sintonizan *First Dates* con placer culpable; saben que deberían estar viendo el documental sobre Steve Madden en Netflix.

Más o menos clásicas, ellas transgreden con un toque étnico en la bisutería o en algún foulard; conducen un *Mini* eléctrico, si pueden, para dirigirse a sus trabajos de periodistas, jefas de Marketing o Comunicación, o responsables de algún chiringuito del sector terciario mientras escuchan Love of Lesbian o Los Planetas. Para comer, un bowl de kale, lechuga y açaí. De postre, chai latte. Los epsilones empezaron con la soja y no supieron parar a tiempo en sus coqueteos con el veganismo. Espelta, quinoa y bulgur, si quitamos ciertas semillas, son algunos de sus tótems alimentarios. Coquetean con la homeopatía y con la cosmética sin parabenos. Sienten que todas las modas son últimos trenes para ellos.

Desorientadas en lo afectivo, «adoran» Malasaña y Chueca, pero en sus versiones gentrificadas y, por tanto, posteriores al año 2000. Antes de que el metro cuadrado no superara los cuatro, cinco o seis mil euros no se les perdía nada en esos barrios y pasaban los fines de semana en los bajos de Aurrerá. Sus valores posthippies integran sin que nada les chirríe una reunión de *tupper sex*, la realización de eneagramas con su *coach*, una meditación holística, todos los tipos de yoga que ofrecen en cualquier gimnasio cercano a AZCA o a las *big four* y alguna que otra misa cuando les invitan a los bautizos y a las primeras comuniones de sus sobrinos.

Compran el discurso feminista y ecologista sistémico de forma natural. No han sufrido una sola discriminación por sexo en su vida y el 99% de su clase mixta de COU acudió a la universidad. Pero la victimización y sentirse ofendido-por-todo resulta irresistible para quien no se quiere hacer cargo de su propia derrota. En el fondo, buscan que salgas de tu zona de confort –inspiraron la industria de «lo motivacional»– para ponerse ellos.

A las mujeres épsilon les gusta ser tratadas caballerosamente, pero hablan del *Satisfyer* con sus amigas en un intento de reafirmar su emancipación del «hombre», como eufemismo de exmarido. Porque sí, el divorcio es muy épsilon; las generaciones posteriores no se casan.

Se creen un pelín más *edgy* que el resto y de cuando en cuando mezclan sus malasañadas y chuecadas con algún restaurante de moda de la calle Jorge Juan o aledaños porque lo ha decorado *nosequién*.

El trazo a veces es forzado, pero existe. Como si de personajes de la novela de Huxley se tratara, la generación X, sobre todo la «temprana», la inmediatamente posterior a los *babyboomers*, se ha dejado convencer a base de consignas de que la vida son experiencias –al servicio de las modas– y estatus económico. Vaciados de cualquier profundidad y mirando de refilón la cultura del esfuerzo, la meta es «lo que les haga felices». ¿Lo peor de todo? Que de aquellos *epsilones*, estos *millenials*.

5

UN MUNDO (AÚN MÁS) FELIZ

Año 2050, es decir, año 30 de la gloriosa nueva era de la resiliencia antipandémica en la República Independiente de Castilla, área Mediterráneo Sur, zona de influencia marroquí.

Sasha Benalí García ha salido para darse un garbeo por el barrio de moda. Su tarjeta de ciudadano climático ejemplar se lo permite. Es el orgullo de su familia. Aparte de ser un héroe del reciclaje, sólo se desplaza en bicicleta híbrida, utiliza ropa fabricada con cáñamo y come casi exclusivamente proteína vegetal. Estudia Comunicación gracias a una beca «Pablo Iglesias Turrión» financiada por Media Pro en la Universidad Francisco Largo Caballero, de la que fue rectora Begoña Gómez. Se ha vacunado contra el SARS-CoV, versiones 32 y 45, y contra la variante, peligrosísima, que nos trajo la ardilla voladora de la Tundra que alguien cocinó en un mercado de Sebastopol un par de años atrás.

Sasha ha quedado a cenar con su novia Naïra en el «Organic & Natural Seeds Coffee Shop» de la calle Víctimas de la Transfobia, al lado de la Plaza de la Moderación y su monumento a la Equidistancia. Éste, una gigantesca esfera de plastilina financiada por Hasbro, hace las delicias de los más pequeños, pequeñas y pequeñes. Gran idea promovida por el extinto Partido Popular. En el café, un montón de señoras con bolsos veganos de Prada, diseñados por la poetisa-activista afroamericana (y millonaria) Amanda Gorman, acompañan su Chai Soja Latte con mini sándwiches de pepino de masa madre. La broma sale por 20 fénix, nueva moneda global, virtual y trazable que nos impusieron con el gran reseteo. De todas maneras, todos, todas y todes tienen derecho a una renta única universal de 600 fénix que, mayoritariamente, es financiada por los «ricos».

Los «ricos» son seres insolidarios cuyo deber es el de soportar el mayor esfuerzo fiscal. No viven en las céntricas soluciones habitacionales diseñadas por impresora digital. Se aferran a ese invento fascista del PAU: nidos de individualismo con piscina llenos de parrilleros a los que les da por tener hijos biológicos, jugar campeonatos de ping-pong con el vecino del tercero y conducir vehículos contaminantes.

Sasha conoció a Naïra por Tinder, y aunque las relaciones heterosexuales no dan la opción de acumular puntos en la tarjeta de ciudadano climático ejemplar, entre otras cosas porque tener descendencia no es bueno para el planeta, se arriesgan montándoselo ocasionalmente sin ningún tipo de método profiláctico que, en este año 2050 de la nueva era de la resiliencia, financia la Fundación Bezos. Naïra sabe que tendrá que adoptar pronto un *hije*. Le han dado tres opciones: Burkina Faso, Senegal o Etiopía. Son las que más puntúan en la *Climate Pass*.

Cómplices, Sasha y Naïra van a darse un festín. Han pedido al camarero una ración de larvas biológicas al horno con su toque de hummus y un litro de agua fecal microfiltrada *millésime* 2049 del Estate Bill Gates. La botella es original y disruptiva, tiene forma de zurullo y ha sido diseñada por Arun Agarwal, artista conceptual indio, ciego y transexual que está de moda.

Será la última vez que la pareja pueda verse este mes. Ambos han agotado el bono de EMPPT (Emisiones Mensuales Permitidas por Transporte) y Naïra vive lejos, en Fuentidueña del Sanchillo (antes Fuentidueña de Tajo), rebautizada en honor al primer presidente de la Resiliencia por la heroica oposición que mostró la localidad frente al hostigamiento del fascismo durante las infaustas elecciones regionales de mayo del 2021.

Hasta que el momento de la despedida llegue, hay que aprovechar. Sasha y Naïra tienen entradas para disfrutar de un gran espectáculo en el teatro Movistar Classics. Se trata de una reposición donde el holograma del cómico Ignatius Farray hace una feroz crítica del neoliberalismo fascista (del que tan bien vivió) versionando canciones de un tal Georges Brassens. Ignatius, y tantos otros, son un ejemplo. La sección Malasaña-Chueca del comisariado kultural de Madrid lleva su nombre.

Ya no hay fronteras, ni elecciones. Eso es el pasado. Ahora el mundo está dividido en cinco zonas gestionadas por un triunvirato planetario. Un representante de Asia, otro de América y otro de África escogen una presidenta, a ser posible «médica» y madre, que es asesorada por un Comité de Expertos. Éste, formado por el máximo responsable del FMI, los redactores de la Constitución chilena, el director general de Pfizer y el CEO de Google ayudan a la máxima *dirigenta* a eficientar e implementar su programa.

Sasha y Naïra recuerdan los tiempos en que comían solomillo y no pertenecían a minorías cis-heterosexuales con bajo grado de visibilidad. Echan de menos algunas cosas, pero lo dan todo por bueno ya que tienen la suerte de que esta nueva era les ha liberado de la lacra del «fascismo» y la insolidaridad.

Muchos califican la agenda 2030 o 2050 de «humo» o la consideran algo desprovisto de interés. Llegan a argumentar, y puede que no les falte razón, que los arquitectos de este futuro de progreso no pretenden más que esconder su incapacidad para gestionar el momento presente. Sin embargo, puede que el problema no sea tanto ése como el hecho de pretender empaquetarnos un producto cuyo alcance real desconocemos.

Obviamente, la historia anteriormente descrita no es más que esperpento y sainete, pero al ritmo endiablado al que parecen imponernos ciertas visiones de la existencia, no puedo menos que arquear una ceja e imaginar una distopía. Las ideas grandilocuentes y prometeicas deberían intranquilizarnos. Han sido la pesadilla del siglo pasado. Esto parece no preocupar a algunos a los que se les transparenta el pelo del mesianismo. Somos nosotros quienes deberíamos ser protagonistas de nuestro propio futuro y no dejar que se nos imponga desde ciertas instancias.

El futuro, como el papel, lo aguanta todo. Nos distrae de lo urgente al hacer que nos inquietemos por el disparate. A pesar de que nos lo presenten en nombre de la sostenibilidad y la igualdad, estemos vigilantes para evitar que acabemos pagando la fiesta los de siempre.

6

PALABRAS

Cada vez que alguien escribe palabras como «populista», «conspiranoico» –o su nueva versión, «terraplanista»–, «facha» o «extrema derecha», pongo cara de duples de reyes y pitos. Belcebú no sólo carga fuscos cuando no miramos, también conceptos. Conceptos *prêt-à-penser* de colecciones pasadas de moda, la más antigua datando de la época de Dimitrov. Y no, no me refiero al jugador de tenis búlgaro, sino a otro búlgaro que fue secretario de la Internacional Comunista allá por el segundo tercio del siglo pasado.

La realidad se construye a través de las palabras. Si las marcamos, como las cartas, parecerá natural que obtengamos con frecuencia la misma mano. De hecho, es lo que quiere la banca, un eterno bacarrá. Afortunadamente no todo está ganado, pero revisen los sistemas de camuflaje y armamento del Aston Martin. Por si acaso. Los súper villanos *Reductio ad fascium* y su mutación *Pictoline Popper*, junto con «Chorrito de agua templada», siempre están al acecho con su rayo paralizante.

Hay vocablos que he decidido prohibirme recientemente. Por ejemplo, «casoplón», «Netflix» o «gato». Sé que debería vigilar el término «posmodernidad», pero tengo que consultarlo con mi filósofo de cabecera. El palabro «batalla cultural» me da un poco más de dolor de cabeza. Ya he aprendido que no hay que darla. O bueno, un poquito si quiero, pero armada con la cucharilla del café y un libro de puericultura. El arcabuz en el altillo.

Los conservadores no deben bajar al barro. El barro debe subir a ellos. La casa es grande y no repara en gastos. Sobre todo de tintorería. Si eso no es *panache*, que venga Jünger y lo vea. Y es que España es un lugar donde algunos se especializan en expedir dos tipos de certificados de defunción política: el de Montesquieu, en sede parlamentaria, y el de Gramsci, en sede tabernaria. La hegemonía cultural *c'est moi* y ponme otro vermú, Manolo.

No sé cuántos latigazos merezco por leer a Adriano Erriguel, pero ya me dejarán el recado. Somos carne de andanada de aquellos que se llaman andana. Si lo saco a colación es porque el autor mejicano clasifica las palabras en diferentes categorías dentro del lenguaje ideologizado. Por ejemplo, considera las «palabras-trampa» como «aquéllas que tienen un sentido usurpado o resignado».

Entre éstas, se encuentran dos de mis preferidas: «tolerancia» y «solidaridad». Yo siempre he asociado la última al ámbito del derecho, concretamente al libro IV del Código Civil. Cuando este término sale de lo jurídico, prefiero ir con pies de plomo y ser lo más caritativa posible. Lo de la tolerancia es diferente. Creo que la verdadera paradoja que le concierne es que su mejor representante comercial fuera un traficante de esclavos antisemita de empolvado pelucón. Doctores tiene la logia. Aunque ahora me pregunto si se puede escribir la palabra «logia» sin que a una la adscriban al reptilianismo.

He oído en la radio que Donald Trump había dejado el despacho oval hecho unos zorros y que eso estaba muy feo. De acuerdo, pero oigan, mejor el despacho oval que Corea del Norte o Irán. Por supuesto, no ha faltado el lote de escribientes que ha querido echar su particular cuarto a espadas con el «populista» de Nueva York. Hay mucho Pacheco de Narváez que quiere acabar con el general Boulanger.

Uno de los mayores traficantes de la palabra «populismo» es un filósofo francés cuyo nombre no diré. Vende a sus distribuidores utilizando las rutas europeas y, aunque en Francia nadie quiere su camelote, tiene cierto éxito entre algunos periodistas y políticos patrios. Éstos menudean con el vocablo y el resultado final es la intoxicación de aquéllos que confunden el boulangismo con el sujeto político de la soberanía nacional.

Como es lógico, los más interesados en que esto sea así son, como el filósofo y su cuadrilla, aquéllos que se consideran «resolutivamente cosmopolitas» y que han dejado escrito desde 1985 su desprecio por ciertas manifestaciones genuinamente populares que ven como «odiosas». Son los mismos que confunden el nacionalismo con la velocidad, pero allá cada cual.

Si usted no sabe lo que compra, ellos conocen bien la mercancía que le venden aprovechando que el Pisuerga pasa por Valladolid, o que, supuestamente, Boulanger pasa por Washington. Sé que cabrearé a algunos amigos liberales, pero yo, que no tengo un apartamento en Nueva York, dos en París y una villa en Marruecos, prefiero ser cauta con la palabra «populismo».

Y no sólo con eso. Debo andarme con ojo, porque enseguida te llaman al orden los balizadores de caminos:

que si eres una *basi-bozuk*, que si aleccionas, que si no hay que satisfacer los bajos instintos del populacho, que si escribir artículos es esto o aquello, que si la abuela fuma... Te hacen sentir un poco como Danton en los cafés de las galerías; bueno, más bien como el marqués de la Rochejaquelein en Beaupréau, pero supongo que todos somos el «facha» de otro.

CONSPIRANOICOS Y TERRAPLANISTAS

Y hablando de «fachas», algunos le han dado tantas vueltas a lo del fascismo que al final han vuelto al principio. Han acabado de dar por buena la visión que Bardèche tenía del asunto cuando lo calificaba de ideología de contingencia, de cabreo de padre de familia ante el desmadre. Si alguien lo duda, que pregunte a Jorge Verstrynge. Ha debido de leer casi todo del cuñado de Brasillach. Yo, si les soy franca (con perdón), hace tiempo que no me preocupo de las «palabras-policía».

No sé si «conspiranoico» y «terraplanista» forman parte de ese grupo. Son términos que están muy en boga últimamente. Llama la atención que quienes los utilizan con más profusión son aquéllos que, históricamente, siempre han considerado sus ideas como las más críticas con el poder.

Accedan al foro de cualquier periódico o allí donde tengan por conveniente. No es necesario que les dé por hablar sobre hombrecillos verdes, experimentos de la CIA o de cómo Theodor Adorno escribió el *She loves you* de los Beatles. Tenga simplemente la desgracia de plantear una queja o duda legítima que concierna a la gestión político-sanitaria del drama que estamos viviendo. Verá qué rápido la nueva inquisición les regala cualquiera de los dos epítetos citados con anterioridad.

Palabrita que esto de las palabras es complicado, y a mí se me están acabando.

7
OBREROS QUE VOTAN MAL

Mal que me pese soy hija de mi tiempo, por lo que suelo dedicar más horas a trampantojos y vertederos virtuales que a la caja *boomer*. Como ocurría con aquellos brasas que te condenaban en la antigua normalidad a ir al multicine o al centro comercial porque tal película era mejor verla en pantalla grande, las cuitas y andanzas del antifascismo 2.0 son un espectáculo que sólo es posible disfrutar en formatos inferiores a 16 pulgadas.

Aparte de Franco, Ayuso y otros sospechosos habituales, una de las fijaciones que gastan los sacrificados *influencers* de la progresfera tiene que ver con el currante que vota a la derecha. No logran explicarse la misteriosa razón por la que muchos trabajadores no son capaces de elegir bien, pero sobre todo el Bien representado indefectiblemente por *the ultimate* corpus ideológico, que es el suyo. Ese tufo prometeico y burgués del izquierdismo, heredado de sus antepasados liberales, parece no molestar excesivamente a mucho *gauchista* virtual de campanillas.

Por supuesto, la conclusión es inapelable. El obrero facha es un cateto, un desclasado y un traidor. Si ha de hacerse autocrítica se hará, aunque mal y en algún medio minoritario para consumo propio. Le caerá el marrón a la falta de activismo, un clásico que ha envejecido sin arrugas, y tirarán de referencias culturales poco sorprendentes. Por ejemplo, una soporífera cinta belga de denuncia social protagonizada por Marion Cotillard, estrella bohemio-burguesa por excelencia e imagen de la noble casa Chanel; o bien algo más patrio y acongojante: la adaptación cinematográfica que Mario Camus hizo de la conocida novela de Delibes *Los santos inocentes*. No me pregunten cómo esta película ha devenido en el nuevo *Acorazado Potemkin* de los rojos de Hacendado.

La triste realidad para el izquierdismo, hoy convertido en ideología *woke*, ayer –según Lenin– enfermedad infantil del comunismo, es que desde los acuerdos de Grenelle el currante no termina de identificarse con quienes lo quieren salvar.

La izquierda posmoderna celebró su acto fundacional en París. Un grupo de estudiantes entre los que se encontraba Daniel Cohn-Bendit, tótem del mayo francés, decidió ocupar la residencia femenina del campus de la Universidad de Nanterre en marzo de 1967. Había que protestar contra ciertos atavismos sexuales que, básicamente, se reducían al hecho de no poder picar flor en las habitaciones de las alumnas –no hay revisionismo en la fornicación. Todo terminó, o empezó, con la primavera de 1968 transformada en *tiempo de las cerezas* de la señorita Pepis donde las barricadas cerraron por vacaciones. Era urgente buscar la playa, y no precisamente bajo los adoquines del barrio latino.

Sin embargo, el sueño de Marcuse se hizo realidad. Los sucesos de mayo y otras protestas análogas transformaron al estudiante, y adláteres como el artista y el intelectual, en sujetos del cambio. Cambio que resultó en el abandono de antiguas convicciones, demasiado ortodoxas, y en el triunfo de una mentalidad de clase media ávida de emociones fuertes, emancipación a gogó y nuevas formas de consumo. Desazonados, descubriríamos que la contracultura son los padres y que la rebelión será promocionada por Nike o Unilever o no será.

El proleta, que había hecho huelga y cantado la *Internacional* con la chavalería, mejora sus condiciones laborales y empieza a desmarcarse de aquéllos que dicen ser sus compañeros de viaje. Pronto no será más que un objeto de decoración a desempolvar cuando vienen las visitas. Ya ni eso. En palabras de nuestro *admirado* Antonio Maestre: «No existe ninguna posibilidad radicalmente transformadora en el obrerismo actual, aquel sujeto político está mitificado (...). El ecosocialismo y el feminismo, y no el transexcluyente, sino el que se abraza junto a las trans en una pancarta, es el movimiento conjunto que tiene capacidad disruptora en 2020 para dar solución a los problemas de la clase trabajadora. Asúmanlo o échense a un lado».

Y así, mientras decidimos si lo asumimos o nos echamos a un lado, lo que nos falta por saber es quién paga la fiesta. En todos los sentidos. No es ningún secreto que multinacionales de ropa deportiva, lujo y cosmética, grandes almacenes virtuales, tecnológicas de postín, consultoras y algunos bancos de nivel se interesan por ciertas ideas y colectivos, arriba mencionados, a los que dedican tiempo y recursos. El oficio de rentabilizar sujetos revolucionarios cotiza al alza en el mercado. Compre su lucrativa coartada moral, que los problemas de la clase trabajadora se solucionarán solos.

Con cada cambio de sujeto político, ayer el estudiante y hoy la niña trans o el sanitario, los problemas del de la nómina de mil cucas, ese ser mitológico, se van desplazando y transformando en causas globales. Causas que, como dicen allende los Pirineos, «no comen pan» y pueden ser defendidas por el presidente de un banco o el fundador de un foro económico.

Si algo útil nos dejaron los tiempos de la «dulce guerrilla urbana» –sin pantalones de campana– es la pregunta que se solía hacer al compañero deseoso de tomar la palabra en una asamblea: «¿Desde dónde hablas, camarada?». La posición o la clase social del interviniente otorgaba, o no, legitimidad a sus palabras. Aplicado a nuestros días, preguntémonos quién juzga al currante que vota mal. O bien, y en un sentido más amplio, quién vende con insistencia sermonaria la misma mercancía dentro y fuera de las redes sociales. ¿Quién sigue estando en el machito cultural a pesar de ciertos espejismos que generan todo tipo de jeremiadas en la progresía?

Monologuistas, guionistas y cómicos de gran repertorio escatológico y obsesionados con lo único, actores intercambiables, pianistas recién nacionalizados, periodistas soja, cantantes de festivales *kitsch*, presentadores millonarios, locutores de música *indie*... La lista no es exhaustiva. Algunos llaman a estas correas de transmisión revestidas de superioridad moral «bufones de palacio». No lo son. El bufón transgredía. Ser animador sociocultural de la insobornable contemporaneidad no entraña ningún riesgo. Si acaso ventajas, la del patrocinio o el privilegio de no ser expulsado de Twitter.

Es lógica, por tanto, la desafección de muchos trabajadores más o menos cualificados hacia la mentalidad bohemia-burguesa. Es lógico el aburrimiento ante los sumos sacerdotes del asfixiante bien, los activistas profesionales y los funcionarios de la «rebelocracia» (Philippe Muray), ésos que vibran en la misma longitud de onda que ciertos plutócratas y visten de anatema a aquéllos que deciden no tragarse la redención pop que proponen.

Por cierto, la próxima vez que vean a Tom Morello tocar delante de una pancarta en la que se lee *Nazi lives don't matter*, deconstruyan, piensen que es el mercado –amigos– y échense unas risas, pedazo de fachas.

8

LA LEY INNATA

El PSOE pretende modificar el Código Penal para que asociaciones provida que ofrezcan información a mujeres en los alrededores de clínicas abortistas puedan ser condenadas a penas de cárcel por obstaculizar el aborto. Al igual que buitres sobrevolando la carroña, programas de televisión y particulares emancipados de trascendencia, belleza y honestidad han aplaudido felices.

Como cada uno obstaculiza como puede, mi alegato lo sustenta Extremoduro.

Se podría argumentar en contra del aborto que las madres de Beethoven, Andrea Bocelli y Justin Bieber pensaron en abortar ante las circunstancias adversas en las que acontecían sus respectivos embarazos. Se trata de un argumento recurrente y eficaz por su impacto sentimental y cultural. Sin embargo, es el que menos me gusta. No todas las vidas valen lo mismo –éste es otro melón y ya se han enfangado otros por él–, pero todas tienen la misma dignidad. Porque inquina contra Justin Bieber podemos tener la mayoría de la generación X para abajo y porque, aunque nada hiciera presagiar que los ejemplos mencionados fueran a tener vidas exitosas y dejar huella en la humanidad, si hubieran sido barrenderos, zapateros o periodistas, sus vidas habrían merecido la pena igualmente. Se podría argumentar que nunca sabes si el niño que estás matando en el seno materno habría sido el descubridor de la vacuna contra el cáncer, pero no es necesario.

Se podría argumentar que los padres de niños con síndrome de Down u otras patologías dicen no haber conocido amor más puro. Ninguno esconde la carga de trabajo y preocupación añadida, pero tampoco la satisfacción honda por la vida de sus criaturas. Se podría argumentar que hay numerosos casos documentados de fetos desahuciados por diagnósticos terribles que nacieron como bebés sanos, pero no es necesario alimentar una esperanza débil, sino tan sólo asumir –y lo hago a vueltas con la honestidad– que una vida enferma es intrínsecamente digna.

Se podría argumentar que, incluso cuando el embarazo ha sido fruto de un delito, cuando éste se produce en adolescentes que son víctimas de abusos y las circunstancias que rodean a la concepción de una nueva vida son monstruosas, siempre hay salidas que no inflijan más dolor y muerte. El mal existe y responder a él con una mirada inteligente, bondadosa y justa es patrimonio del ser humano y su grandeza. Se podría argumentar que las secuelas por aborto en menores contribuyen al ensañamiento en la desgracia, pero no es necesario.

Se podría argumentar que no hay madres arrepentidas por no haber abortado y sí muchas que cada año recuerdan la fecha en que su bebé debió haber nacido, cuántos años tendrían de no haber acabado con su vida o imaginan a quién se parecería. A las que desistieron en el último momento por sacar fuerzas de flaqueza, porque tuvieron comprensión, acompañamiento, ayudas materiales o por pura valentía, la maternidad les pesa lo mismo que a las demás. Incluso los hijos muy deseados también podemos salir rana. Pero quizá no sea necesario esgrimir este hecho.

Se podría argumentar, por cierto, que el padre es tan progenitor como la madre y que debe tener la misma vela en este entierro –y ya siento el macabro juego de palabras. No gestar no elimina el otro cromosoma X o Y, ese cooperador necesario que la progresía trata de ningunear con malabarismos, neolenguaje o ingeniería social. Pero ya les adelanto que no va a servir de nada.

Se podrían argumentar razones de tipo científico, cómo no. Uno de los debates más honestos desde el punto de vista intelectual es el de los que tienen dudas acerca de cuándo empieza la vida. Que no son los mismos que dicen que en la fase intrauterina no somos seres humanos. Inolvidables al respecto las declaraciones en 2009 de Bibiana Aído, a la sazón ministra de Igualdad del inefable Gobierno de José Luis Rodríguez Zapatero: «Un feto de trece semanas es un ser vivo, claro, lo que no podemos hablar es de un ser humano». Se entiende la confusión, porque en algunos la sindéresis brilla por su ausencia, pero hasta ahora no se ha podido probar que seamos capaces de engendrar genomas de otras especies.

La profesora de Filosofía y doctora en Bioética Elena Postigo lo deja claro: la ciencia no distingue entre ser humano, vida humana y persona; lo considera todo lo mismo.

Hay vida desde la concepción. Un feto de catorce semanas, edad gestacional máxima permitida para abortar en España, tiene la cara formada y aurículas y ventrículos que bombean esperanza. Debería ser obligatorio verlo antes de eliminarlo. Pero quizá baste un disco de Extremoduro para explicarlo todo. La portada del álbum *La Ley Innata* (2008) proclama una sentencia atribuida a Cicerón:

> Existe, de hecho, jueces, una ley no escrita, sino innata, la cual no hemos aprendido, heredado, leído, sino que de la misma naturaleza la hemos agarrado, exprimido, apurado, ley para la que no hemos sido educados, sino hechos; y en la que no hemos sido instruidos, sino empapados.

Los argumentos religiosos, éticos, científicos y legales son necesarios por ser, en su mayoría, irrefutables, y debemos abordar los asuntos que no generan consenso poniendo nuestra inteligencia al servicio de lo justo, lo verdadero y lo bueno. Pero es que, además, como en todo lo bello, en el tema del respeto por la vida se puede hacer una aproximación instintiva. No hace falta la erudición cuando la sola intuición puede marcar el camino. A veces únicamente es necesario un instinto primario: el de proteger al débil. Al que crece en las entrañas de una mujer sin saber si la vida que le espera en el mundo será considerada digna, útil o un estorbo. Sin saber, siquiera, que tiene derecho a ella en cuanto que ya es un ser humano.

9

EL ATAQUE

Me sobresaltaron los gritos y las formas de un grupo de trabajadores. Eran tres, el equipo A de los jardineros de pelotazo urbanístico playero, la patrulla canina de las zonas verdes. Llevaba la voz cantante una especie de Rod Stewart con gafas de sol, mechas californianas, *jeans* desgastados y pitillo apagado en la boca. De sus acólitos recuerdo poco, tan sólo al gigante de los Goonies que se escaqueaba todo lo que podía. El otro debía de ser un tipo corriente, quizá algo mayor para el esfuerzo físico que realizaban. Una vez arrancada de mi tarea de mirar a las musarañas y sin tratar de apartar el tenue sol del atardecer de la piel, me dediqué a observarlos. Tres pavos con motosierras dejando aquello como un Versalles del Levante, profiriendo blasfemias y echando meaditas en los bancales mientras yo los maldecía internamente. ¡Dejad que los pinos crezcan como quieran, los estáis amariconando con esa poda infame y cursi! ¡Ni se os ocurra meterle mano a la glicinia! ¡Nada de palabrotas ni chistes de camioneros delante del galán de noche!

Acabo de pasar unos días de descanso en el Mediterráneo. Una no sabe que los necesita hasta que se da cuenta de que preocuparse por los nudos del viento y del oleaje embravecido, alimentarse del aroma del jazminero hacia la tarde y contemplar el ocaso sobre el horizonte también es una manera de honrar a Dios.

Las tribulaciones mundanas, que las ha habido, tenían otros protagonistas diferentes a los de la cotidianidad. Los primeros días, y tras el episodio de los jardineros, me preguntaba por qué la ecología ha sido mancillada por la izquierda. Desde Delibes a Jiménez Lozano, desde los poetas bucólicos ingleses –o Eliot, que era reaccionario–, hasta mi madre anegando mis macetas durante mi ausencia, la naturaleza suscita en el hombre hermanamiento –con ella, no con los progres–, en ningún caso ideología.

En fin, en ésas me hallaba –sensiblera, romántica y hermanada– cuando ocurrió el *Gaviota Gate*. Es cierto que de un tiempo a esta parte las gaviotas se han convertido en molestas vecinas. Madrugan de manera inaceptable, trasnochan como *zoomers* en el primer día de apertura del ocio nocturno, su graznido es desquiciante y, vistas de cerca, tienen cara de hijas de mala madre. El color rojizo que mancha su pico anaranjado y recuerda a la sangre de sus presas no contribuye a limpiar su imagen. En pleno vuelo, con las alas extendidas, apabullan por su envergadura. Ícaros posmodernos, personajes teatrales.

El caso es que detrás de mi casa hay una calle, una farola y una gaviota de guardia. Veinticuatro horas al día, siete días a la semana. Sólo abandona el puesto de vigilancia para atacar a los viandantes, especialmente si pasean perros. Desde el mío –mi puesto de vigilancia– he podido contemplar a ancianos defenderse de ellas a bastonazos, guiris desconcertados y madres con carritos de bebés huyendo despavoridas. Yo, poseída por un espíritu a medio camino entre Félix Rodríguez de la Fuente (no sé si tengo lectores *millenials* y la referencia les deja con cara de haba, pero imaginaos a un Frank de la Jungla setentero, con clase) y concejala de urbanismo podemita, me preguntaba si la primera línea de playa no sería de ellas, más que nuestra.

El quilombo de las gaviotas fue a más; los vecinos usaban aparatos de ultrasonidos, búhos de escayola o rituales esotéricos para alejarlas y cada día la policía local recibía varias llamadas al respecto. Excusaban intervenir con la cantinela de que «ahora con los ecologistas no podemos hacer nada».

El desenlace les sorprenderá. La gaviota actuaba así porque debajo de la farola, entre los arbustos, tenía huevos y luego crías. Por ellos pasará meses en la misma posición y se lanzará en picado contra quien merodee el lugar, sin importar que la amenaza no sea real. Mientras, el macho, sorpresa, proveerá el condumio.

Cuando en 1989, Fraga, en calidad de presidente de Alianza Popular, refundó el partido, eligió el diseño de un joven Martínez Vidal para el logo del PP. «Quiero la gaviota», sentenció ante las propuestas de varias agencias de publicidad. Su creador defiende que se trata de un charrán y que pensó en él intentando plasmar una idea de libertad que se opusiera al puño cerrado del PSOE. En efecto, la gaviota es un ave carroñera que no alcanza gran altura y que puede alimentarse de basura. No parece el bicho idóneo para el escudo de armas de nadie. Sin embargo, puede que parte de los votantes del Partido Popular pasen por alto las connotaciones iconográficas y lo identifiquen más con una canción de Perales.

Volviendo a mi vecindario acosado por las aves –y los jardineros–, la corporación municipal resolvió, finalmente, enviar a algunos operarios a solucionar el ataque de la gaviota. Metieron a las crías en cajas y se las llevaron. Imagino que a algún lugar de recuperación de aves, pero los graznidos de la gaviota ahora son saetas en la Madrugá de Sevilla. Sigue ocupando su puesto, pero ya no tiene nada que defender. Sigue volando bajo, pero ya no hay polluelos que alimentar.

Ahora que les tengo posicionados de parte de la gaviota, les diré que, durante esos días, Europa dio el visto bueno al Proyecto Matic, que propone que el aborto sea un derecho humano y, en su artículo 37, insta a considerar la objeción de conciencia de los médicos como una violación de los derechos de la mujer.

En la obra de teatro *La gaviota*, de Chèjov, Medvedenko pregunta a Masha por qué va siempre vestida de negro. Ella le responde: «Voy de luto por mi vida, soy muy desgraciada». No consigo quitarme de la cabeza el graznido agónico de un ave carroñera tras ser despojada de sus crías. Cuántas mujeres habrán de llevar luto, una vez despojadas de sus hijos, por sus propias vidas.

10
CRÓNICA SENTIMENTAL DE LOS 90

Abril de 1994. Un electricista entra en una casa de Seattle y descubre el cadáver de un joven con toda la pinta de haber decidido acompañar al lóbulo frontal con el mentón y el tercio facial para asegurarse su encuentro con Caronte. A su lado, una nota de suicidio tarareaba una canción de Neil Young: «Es mejor consumirse rápidamente que desaparecer poco a poco». Kurt Cobain acababa de engrosar las filas del Club de los 27 (Hendrix, Joplin o Morrison también habían muerto a esa edad) y la generación X tomaba conciencia de su década.

En España, además, descubríamos el *grunge*, preguntándonos si la viuda del vocalista de Nirvana, Courtney Love, era así siempre o no le había dado tiempo a asearse para la ocasión. Entre los aficionados a la química moderna también despertó cierto interés que trascendía su faceta de líder de la banda Hole.

Tres años antes, en 1991, moría de sida el cantante Freddie Mercury. En el 92, sin embargo, lo veíamos cantar, junto a Monserrat Caballé, «Barcelona», himno de los Juegos Olímpicos celebrados –con gran éxito de organización y de malversación de fondos públicos– en la ciudad condal.

Y es así, oliendo a espíritu adolescente, como nos encontró, también en el 94, el estreno de *Reality bites*. La cinta protagonizada por una Winona Ryder todavía creyente en la propiedad privada se convirtió en el espejo de la generación de vástagos de los *baby boomers*, hijos, a su vez, del estallido demográfico derivado del espectacular crecimiento económico que se produjo tras la Segunda Guerra Mundial.

En ella un grupo de veinteañeros nos explicaban con qué naturalidad debíamos afrontar la homosexualidad, el VIH y el consumismo. Que no teníamos ni idea de gestionar nuestras emociones pero que no era nuestra culpa, que la sobrecualificación académica nos había hecho así. Que nuestra vida pivotaría entre el sofá y el empleo precario. Que si no te lavabas el pelo también podías ser amado. Y, pese a todo, la gran lección que se extraía de *Reality bites* era que con un riff de guitarra que sólo alterna una nota con su octava y una novia que se llamase Sharona podías resucitar una banda de rock. The Knack –y *Stay* de Lisa Loeb para los momentos moñas– hicieron más por nosotros que esa oda a la pizza en la que se acaba convirtiendo la película.

Los daños colaterales, sin embargo, se empezaron a gestar entonces. Culminaron en el 95 con otro filme protagonizado por Ethan Hawke: *Antes del amanecer*. Que todas anduviéramos mirando de reojo a cada veinteañero con el que coincidíamos en un tren no fue nada comparado con la cantidad de niños que, a día de hoy, se llaman Ethan. O Izan. Y lo peor de todo es que sabemos positivamente que no es por John Wayne en *Centauros del desierto*.

De todas formas, en la década de los 90, salíamos a película de culto por año. Aún perduran, y no sólo en nuestra memoria, el baile de Travolta y Thurman en *Pulp Fiction* (1994), con el que Tarantino envía muchos mensajes, uno de ellos a la cultura pop de la que somos hijos espirituales; algunas frases de *Forrest Gump* («la vida es como una caja de bombones; nunca sabes lo que te va a tocar», que a su vez podía ser hija espiritual de Coelho) o la escena de Mena Suvari desnuda y cubierta de pétalos en *American Beauty* (1999).

Con las series de televisión tuvimos una suerte desigual: *Los problemas crecen*, *Salvados por la campana*, *El príncipe de Bel Air* –en la que un Trump aún color carne hace un cameo que en realidad era una premonición: «Todo el mundo me culpa siempre de todo»–, *Beverly Hills 90210* y su alter ego carpetovetónico, *Al salir de clase*, causaron furor adolescente. Llegué a oír la frase «eres una Kelly» (referida a uno de los personajes de *Sensación de vivir*) como el insulto definitivo.

Un placer más adulto lo encontrábamos en *Twin Peaks*, *Expediente X* y, los más trasnochadores, en *Doctor en Alaska*. Eso quien no vivió pegado a la actualidad de los crímenes de Alcàsser en el primer *late night show* en España: *Esta noche cruzamos el Mississippi*.

En este momento es cuando se impondría una apología de *Friends*, una serie de culto que aún sigue fascinando a los fans de la época y a *millenials* que la descubren, pero que, por lo poco que vi, era tan *smelly* como su himno oficioso, «Gato apestoso», con permiso de la sintonía de cabecera *I'll be there for you*. Más allá de que Rachel Green (Jennifer Aniston) dictara el corte de pelo de moda en cada temporada, el verdadero legado de *Friends* es el sándwich de Joey, que, en fechas cercanas a Acción de Gracias, se puede degustar incluso en algún restaurante madrileño actualmente.

En 1991 hacía ya diez años que las niñas no querían ser princesas. Unas jovencísimas Christy Turlington, Linda Evangelista, Cindy Crawford y Naomi Campbell cerraban, a ritmo del «Freedom!», de George Michael, el desfile de la colección otoño/invierno de Versace. Habían nacido las supermodelos y, con su encumbramiento al Olimpo, el culto a cuerpos imposibles. Lo más cerca que íbamos a estar de conseguirlos era vistiendo marcas de diseñadores americanos: CK, Ralph Lauren o Donna Karan.

Para una generación que había vivido bajo el felipismo desde que tenía uso de razón, la caída de Mario Conde en el proceso penal contra Banesto no minó un ápice su admiración por el banquero. Aunque esto tampoco fue óbice para que todo tipo de pelajes, incluidos los aspirantes a engominados, pasaran la segunda mitad de la década hablando como Chiquito de la Calzada.

En los 90, cada vez que se creaba un MBA, moría un *yuppie*. Y nacía una JASP. El anuncio de Renault Clio acuñó este acrónimo para hacernos creer que molábamos mil, que el éxito pequeño burgués era tener un trabajo bastante más atroz y esclavo que en los 80 y que lo conseguiríamos porque éramos la generación mejor preparada de la historia. En cualquier caso, los jóvenes se acabaron decantando por el VW Golf (si te hacías con el Cabrio –el secador de cabello más caro del mundo– eras el amo) o su versión ciclada, el Corrado.

Los que soñaban con este tipo de empleo en una superestructura jurídico-financiera pasaban los sábados haciendo exámenes en la sala 0-201, conocida como *Maracaná*, en ICADE. Grupos de chicos con pantalón de loneta, camisa Oxford y zapatos de ante que desbordaban las aceras de Alberto Aguilera durante el receso de las 9.50h y comentaban la puesta de largo del fin de semana anterior soportaban interminables horas de Contabilidad con tal de acabar trabajando en banca de inversión en Londres.

El asunto era un poco más emocionante si los 90 te pillaron en la Complutense. El local de *Teoría y Praxis*, habilitado para los estudiantes patrióticos, estaba separado por medio metro de la asociación *UEP-Ei*, en la que un Pablo Iglesias vestido con ropa cómoda comenzaba a plantar sus pinitos políticos. Además, en la época, había libertad de cartelería, por lo que bastaba con que los primeros agradecieran públicamente 25 años de paz a un dirigente para que los otros la liaran.

Sin embargo, también existió la realidad Kronen. Una generación sin futuro tras una década de gobierno socialista (Hey, *what did you expect?*), dedicada a las drogas, la violencia, los bares y los conciertos de rock. Si quieren referencias acerca de su indumentaria pueden fijarse en los gorrillas de hoy. El relato quedó a cargo de un joven José Ángel Mañas, que obtuvo un finalista en el Nadal en 1994. La novela ganadora de ese año fue una infumable –así la recuerdo– *Azul* de Rosa Regás. Umbral definió *Historias del Kronen* como un libro muy vivo, de impacto. Otros, de realismo sucio. No les puedo decir, nunca frecuenté.

Se habla además de una generación Kronen en la literatura; jóvenes escritores que despuntaron en esas fechas y podían «vivir de lo suyo». Herederos de Franzen, Easton

Ellis o Foster Wallace, escribían de manera descarnada, con referencias al rock y al cine, jerga juvenil y sumidos en un ambiente lo más marginal posible. Pertenecían a este grupo Ray Loriga, Benjamín Prado, Juan Manuel de Prada o Lucía Etxebarría. Como suele pasar, el tiempo desenmascaró a los impostores y en la actualidad no todos siguen cultivando el oficio; algunos decidieron apostar por mantener el estatus de *enfant terrible* y otros por el activismo marrullero inherente a la falta de talento.

Es la década en la que la *Cope* hizo que muchos conectáramos con la política escuchando sus programas matinales o nocturnos, dirigidos por carismáticos periodistas como Jiménez Losantos o Antonio Herrero. Una especie de morbo nos hacía ser infieles a éstos con *La radio de Julia* y escuchar una tertulia a deshoras conocida como «El Gabinete» en la que participaba un histriónico Juan Adriansens y algunos otros nombres imbuidos de izquierdismo intelectual hasta las trancas, con sus perversas incoherencias incluidas.

Y, al final, quien más y quien menos había tenido a la MTV como niñera. Musicalmente, convivían grupos de grunge, rock alternativo, «máquina» o lectores del NME, con cantautores tipo Tonxu o Ella Baila Sola. Formaciones como Siempre Así –«Siempre Igual» para algunos críticos– o Rafa González Serna causaban furor entre los niños bien y unas sevillanas o una rumba eran de rigor para quien pretendiera ser DJ en un garito pijo.

La invasión musical procedente de Hispanoamérica asomaba tímidamente en la segunda mitad de la década, con algunos éxitos que, como El Venao, fueron recibidos con su correspondiente desconcierto, cachondeo o animadversión, según el caso.

La música disco comercial europea también tenía su acomodo en locales como Archy; Bogo; Nikei; Bocaccio; Pachá y su mítica planta superior, «El cielo de Pachá», a la que sólo podías acceder si estabas en la pomada; Oh, Madrid!; Rastatoo, con su desafío de chupitos y la camiseta para el ganador; Speakeasy; la apertura de Kapital de Atocha; las terrazas de verano; y un clásico que nunca se fue entre la sociedad amante de las formas de antaño: Green y su parte posterior, Victory. Allí podíamos ver cómo camareros con chaquetilla verde trataban como señoritos a veinteañeros que degustaban alitas de pollo, croquetas o sándwiches mixtos empanados. La compostura sólo se perdía cuando, brazo en alto, sonaba «El imperio contraataca» de Los Nikis. Había nostalgia de los 80 y pequeñas peleas discotequeras entre borrachitos aspirantes a malotes.

Pero, de la misma manera que no fue lo mismo vivir los 90 en ICADE que en la Complutense, el ocio variaba un pelín en cuanto a formas y elegancia si, en lugar de en la capital del Estado, se disfrutaba en la otra. En la del Turia.

La CV-500, carretera de El Saler, tenía decibelios propios. A lo largo de poco más de treinta kilómetros era posible encadenar 72 horas de fiesta ininterrumpida. En los 90, la *ruta del bakalao* tuvo en Chimo Bayo a su gurú del tecno. Él está aún en activo y nosotros todavía recordamos la profundidad de sus letras. Ha editado un libro para nostálgicos titulado *No iba a salir y me lie: Un gran viaje por la ruta del bakalao* (Roca Editores). Aunque Hu-Ha! habría sido suficientemente elocuente.

Más de treinta mil jóvenes de todas partes de España –y de Italia, Holanda o Alemania– peregrinaban cada fin de semana a la también conocida como *ruta Destroy* en lo que fue un verdadero movimiento social de proporciones épicas. Cada DJ residente oficiaba como un sacerdote que imprimía su propio estilo y que podía convertir en icónicos sus dominios. La pregunta más realizada en la época –«¿tienes flyers?»– queda para la posteridad.

Revisitando este fenómeno contracultural –eufemismo para cutre y garrulillo– de los 90, ocurre lo que en toda evocación: desde la versión oficial se mitifica más que desde el recuerdo *underground*.

Cierto es que pasó de considerarse un movimiento vanguardista, musical y estéticamente, en sus inicios –heredero de la «movida valenciana» de los 80– a ser asociado únicamente con drogas, alcohol y desenfreno en el capó de un coche tuneado.

La macrodiscoteca Barraca comenzó ofreciendo música con tintes post *punk*, nuevos románticos y novedades que llegaban de Londres o Berlín, pero a las seis de la mañana de un domingo. La mescalina –derivado sintético del peyote– enamoraba y producía felicidad y buen rollo. Todo cambió después de ella.

A rebufo de Barraca surgieron los nuevos templos del tecno en la zona. En Spook, el DJ Fran Lenaers introdujo las cabinas y los platos mezcladores. La música alcanzaba su paroxismo cuando los primeros rayos del sol empezaban a intuirse. Lenaers acababa sus sesiones a las doce haciendo mezclas con el Ángelus. Puzzle, Chocolate, ACTV (Actividades Culturales de las Termas Victoria) fueron otras salas que empezaron a fusionar la guitarra –venían de pinchar Ramones– con el movimiento tecno. A principios de los 90 había más sellos discográficos en Valencia que en el resto de España. Y los ingresos por *merchandising* superaban con creces los de la venta de discos.

Mención aparte merece la discoteca N.O.D, antigua Don Julio –debido al bajo presupuesto con el que comenzaron decidieron quitar el «Julio» y darle la vuelta al neón de «DON». Idearon las *parking parties* y las paellas en ellos, de modo que había jóvenes que ni entraban en la sala. El consumo de música, pastillas, alcohol y arroz con cosas se hacía al aire libre a las ocho de la mañana.

Con el foco mediático sobre las drogas recreativas, el desmadre de horarios y los accidentes de tráfico, llegó la presión policial: los continuos registros y controles acabaron con el fenómeno que había erigido a Valencia en epicentro de la música electrónica contemporánea en Europa.

Sin dejar la ciudad de las flores, de la luz y del amor, los 90 fueron de Rita Barberá, quien gobernó vestida de «rojo alcaldesa» y llenó estadios durante 24 años consecutivos desde 1991. A nivel nacional, Aznar asumía la presidencia del Gobierno en 1996, año en que, creando burbujas financieras y convirtiéndonos en una economía de servicios, comenzamos a salir de la crisis.

Quedan muchísimas cosas en el tintero de una década que comienza a resultar nostálgica para los cuarentones, una vez amortizada la añoranza de la EGB y los 80: El *dream team* a ambos lados del charco, las muertes de Antonio Herrero, Antonio Flores y Enrique Urquijo, la séptima, la llegada de las televisiones privadas, los Tours de Indurain...

Pero, con todo, la frase con más *punch* de la década, la que sacudió a todo el planeta en el 98, se pronunció al otro lado del Atlántico: *I did not have sexual relations with that woman, miss Lewinsky.*

11

VOLVER

Me cuenta mi amigo Ángel Olmedo la historia de la letra del tango. No del que da título a este artículo sino de la de «Garúa». En Corrientes 1244 se ubicaba el club Tibidabo, en el que el conocido músico Aníbal Troilo actuaba con su orquesta. Cierta noche se encontraba entre el público el poeta Enrique Cadícamo y Troilo lo invitó a escuchar una música que había compuesto. Sacó su bandoneón, la tarareó y pidió a Cadícamo que le pusiera verso. Aquella noche llovía en Buenos Aires, y el letrista se marchó –puede que dirigiéndose al Obelisco o a Caminito, cuna del tango– en busca de inspiración. La fina lluvia que moja y no cala, y que en Hispanoamérica se llama «garúa», le dio el estribillo del popular tango:

> Qué noche llena de hastío y de frío
> El viento trae un extraño lamento
> […]
> Garúa
> Solo y triste por la acera
> Va este corazón transido
> Con tristeza de tapera

Es septiembre pero marcea. Volvemos pero nunca nos fuimos. Con el corazón transido, sin mes de abril, enlutados y arrancando hojas del calendario en falso. Hemos perdido pero tenemos que ganar. Nos quieren cautivos y desarmados pero nosotros nunca estuvimos ahí. Nosotros somos soldados españoles en Krásny Bor, el Regimiento Alcántara en la guerra del Rif, tercios en Rocroi, los últimos de Filipinas, celtíberos en Numancia. Somos Cazarrata en Las Ventas. Llamadlo disidencia, contracultura, subversión o conservadurismo *punk*. Llamadlo reacción o no lo llaméis de ninguna manera, pero resistid. Dalmacio Negro decía que la única revolución verdadera ha sido el cristianismo y que, por tanto, el resto es contrarrevolución.

Asaltad el cielo, como Péguy, sed estajanovistas de la oración. Llevad trajes de Caraceni en el *Casual Friday*, usad corbatas. Firmad con Montblanc Meisterstück, y sólo lo que podáis cumplir. Tened más nietos que hijos. Llamad a las niñas María. Volved a las fórmulas compuestas de los 70 para ellos. Yo qué sé, llamadlos José Antonio.

No podemos regresar al pasado y evitar la Revolución francesa y Mayo del 68. No podemos volver y esconderle la estilográfica al rey en diciembre del 78. Pero podemos levantar la cabeza, trabajar a destajo, buscar la belleza y enseñarles heridas que son nuestra victoria. No dejemos la educación de nuestra prole al Xiaomi Note 7; descubrámosles España y su historia. Hagamos una visita a todas las estatuas, atajemos el victimismo posmoderno.

Caminemos por los márgenes de los caminos balizados del feminismo; son regueros de pólvora seca.

Hablemos como siempre, piropeemos como nunca. Aportemos inteligencia, tendamos la mano. Desinstalemos Instagram, miremos a hurtadillas el de Insua. Hagamos un corte de mangas a Netflix, admitamos que lo de HBO ya se veía venir con *Sexo en Nueva York*. Entrenemos fuerza, escribamos a diario, leamos poemas. Obviemos la borrachera demiúrgica de Sánchez y la cifosis de Iglesias, vivamos en nuestro infinito. Ellos están en el burladero, barbeémosles. Nosotros tenemos que lidiar con *Génesis* 3, no con ellos.

Abandonad la urbanización. Es gregarismo en estado puro. Cuando pronuncias por primera vez la palabra «urba» estás perdido. Ya eres uno de ellos, uno más. Asistirás a cenas con todos vestidos de blanco en agosto —ridículos y adocenados— y contrataréis a un profesor de *pool dance* entre las vecinas. Quedarás para tomar cervezas y ver fútbol en el club social, con la falsa felicidad de pertenecer al grupo, pero por la noche, en la oscuridad y encogido entre las sábanas, sabrás que eres un quídam. Acabarás comulgando con ruedas de molino, aguantando pelmazos y añorando cuando eras tú el que bajaba la basura a la calle y aprovechaba para fumar un pitillo. No se puede claudicar; hay que mantener la tensión espiritual. Unamuno decía que la religión es el vehículo que cohesiona a los pueblos; nunca habló de las piscinas comunitarias.

Alejaos de los que merodean los vertederos del alma. Eliminad las *cookies* del porno; la *Serie rosa* de TVE os lo enseñó todo, el resto es práctica. Practicad.

Celebremos el otoño, a los poetas, la vendimia y las cartas de amor. Cultivemos el honor y la fidelidad, asumamos el control de nuestra salud. Juguemos con los niños, besemos porque sí. Regalemos por encima de nuestras posibilidades, agradezcamos al que (se) da. Practiquemos la ternura, seamos caritativos. Busquemos el sol, las historias de viejos, las manos curtidas y las llamadas que duran toda una noche. Encendamos las chimeneas, tengamos hogares que huelan a café, no a pachulí. Ahorremos para las obras completas de Chaves Nogales, esperemos lo nuevo de Peyró y Carlos Marín-Blázquez. Vomitemos en la boca de los tibios. Recordemos a John John. Cuidemos la naturaleza, amemos a los pintores, detestemos la subvención. Seamos audaces. Traigamos criaturas al mundo. Mantengamos la esperanza cuando todo parece perdido. Tengamos la fe que precede al milagro.

Lo advirtió Johnny Cash: *There ain't no grave can hold my body down.*

Volved alegres.

II

FORMAS

12

BUY YOUR PRIDE

———

Al ser preguntada una dama inglesa que había vivido en la India durante el período de dominación por el *sati* (una práctica hindú, asociada frecuentemente a las clases altas en una sociedad feudal, en la que la viuda se inmolaba a la vez que incineraban a su difunto marido…), ésta contestó: «Algunas lo hacen todavía, pero sólo por esnobismo».

La anécdota la cuenta Thackeray en uno de mis libros de cabecera, *El libro de los esnobs*. Se trata de una recopilación de sus artículos publicados en una revista bajo el título genérico de *The Snobs of England by One of Themselves*.

Lo cierto es que siento debilidad por las clases sociales, por las tribus urbanas, por esa manera tan particular que tenemos las personas de definirnos, de escalar, de caracterizarnos, de asociarnos. De las poligoneras a los burgueses, pasando por la nobleza o los nuevos ricos. Imagino esta sociología de clases a modo de documental de *La 2*. El ser humano analizado cual vencejo común u oso hormiguero.

Los esnobs ocupan un lugar particular en mi corazoncito. En Inglaterra, al censar al pueblo, al lado del nombre del interfecto se relacionaban sus títulos. Al lado de los que no tenían títulos se abreviaba: «s.nob» (*sine nobilitate*). El término no ha evolucionado tanto. Actualmente se utiliza para definir a quienes tratan de imitar aquello que consideran elevado o distinguido. Y en una acepción un tanto *sui géneris*, califica a aquellos esclavos de todo lo que huela a moda.

Bajemos al barro. Analicemos a las veinteañeras universitarias con bolsos de Carolina Herrera (las que aún no se han enterado de nada), o con muchos complementos de Tous (las que definitivamente se han perdido y no tienen remedio). Analicemos a las aspirantes a fashionistas que compran auténticas horteradas en LV y que aún no saben que se están dejando la pasta, a menudo ganada en su trabajo como relaciones públicas, secretarias en sucursales bancarias o esclavas en prestigiosos despachos de abogados de la capi, en el Carrefour del lujo.

Recuerdo una anécdota que me encanta. Un día aciago entró en mi lugar de trabajo una señora bien con su chucho (horrible, el bicho). Llevaba un bolso de LV con cierto gusto. Por dar conversación, le digo: «Oh, es un Speedy 30 en piel epi» (lo admito, en ocasiones, me mimetizo con el ambiente). La señora me contesta impertérrita: «No, es un fox-terrier». El lujo tiene sentido a veces, y sólo a veces, cuando conocemos su historia, su porqué...

El esnobismo y la logomanía. O la manía de hacer declaración de intenciones llenándole los bolsillos a Bernad Arnault. Ese modo inquietante de decir a quien no te lo ha preguntado que eres pija, ganas pasta y lees *Vogue*. Sabes que lo que llevas se llama *animal print* pero nadie te ha enseñado cuándo ponértelo. *Glitzy*. Terrible y divertido. Mezcla de náusea y compasión. Hay cosas peores.

Qué decir de ellos, los banqueros de inversión, que someten sus cuerpos indistintamente al clembuterol o las proteínas, a la inanición o a la tapa del bar de moda. Dependiendo de si se lleva ser übersexual, un Nadal armanizado o un lánguido gabachito. El caso es aparentar lo que aspiramos a ser. Militar en el grupo en el que queremos ser amados. Luchar a brazo partido por ser uno más. Donde elijamos, pero uno más al fin y al cabo. Simple gregarismo. Todos nos hemos transformado en turba alguna vez, aunque yo siempre lo hice mejor gracias a mi tendencia a mirar los toros desde la barrera.

Y todo esto por caer en lo obvio. También existe el esnobismo intelectual, el espiritual, el gastronómico, incluso el político. La mayoría de nuestras actitudes, convicciones y modos de vida tienen muy poco de profunda reflexión y creencia íntima. En realidad, moverse a contracorriente también es esnob. Una vez más, todo es mentira.

13

LOS HOMBRES
Y LOS PANTALONES CACHULI

Hace unos años, un amigo me pidió que averiguara quién era el sastre de Zaplana. Ayer estaba maquinado viajar desde París para encargarle un traje.

Otra amiga me llamó después de una cita a ciegas con un chico que prometía para explicarme que no podía volver a verlo, ya que el incauto sujeto había acudido a la cena con pantalones chinos y botas de montaña.

Tengo otra, otra amiga, que aguantó un poco más la imposible indumentaria de su ligue, hasta que un día le espetó que vestía «rústico».

Yo nunca he llegado a estos extremos. Por supuesto, me gusta un hombre bien vestido, pero he aprendido que, con un poco de tacto, esto sí se puede cambiar en una pareja. Sin embargo, hay una señal de alarma inequívoca, una pista que no podemos soslayar de ningún modo: los pantalones cachuli.

Los pantalones cachuli toman su nombre del gran exalcalde de Marbella Julián Muñoz, que pasó de servir tapas a coleccionar Rolex, y son propios de sexagenarios. Claro, yo no me fijo en ellos. Aún no. Pero mi edad me obliga a ir poniendo mis ojos en los que tienen cuarenta y cinco y pico. Sed *fugit interea, fugit irreparabile tempus.*

El caso es que he descubierto que también usan pantalones cachuli. Y no lucen necesariamente un estómago prominente que rodear con cinturón, a lo mejor hasta se conservan bien y todo. Pero se empeñan en usar pantalones, vaqueros en su mayoría, que... cómo decirlo... tienen un tiro enorme, suficiente para esconder una sonda urinaria con su bolsa de recogida de 24h o unos Lindor para pérdidas. No ciñen el trasero, por supuesto, el camal es desorbitado y, como rasgo inconfundible, rodean el torso por encima del ombligo. Más o menos es esto.

Puede que ahora mismo vistáis unos pantalones cachuli (a.k.a «vaqueros para viejos») y no lo sepáis. Todos tenemos en mente al abuelete orondo e incontinente o al político de pelotazo urbanístico. Y no. Llevad cuidado, por favor. Despone mucho.

Quiero creer que todos queréis a vuestro lado a una mujer con clase. Esto es lo más importante de todo, lo mejor a lo que podéis aspirar. Que ella sea guapa, se cuide, sea espiritual, haya pasado por la universidad una o varias veces, le brille el pelo, hable idiomas, luzca un ligero bronceado y sepa estar. Que sonría y sea divertida de una manera inteligente. Pues lo siento mucho, pero si lleváis pantalones cachuli, tengo que deciros que os imagino con chicas con extensiones, uñas postizas, transparencias, lentillas de color y estridencias diversas. Luego no os quejéis si ella muere por los animales o va a cursos de *cupcakes*. Si lleva tatuajes o silicona. Seguro que su ideal de felicidad es un centro comercial. Seguro que espera ansiosa la película de las 50 sombras.

En fin, todos conocéis mi bondad natural, así que no os voy a dejar en la estacada. Así soy yo. Voy a daros unas pautas sencillas, todo muy básico, que os asegurarán el camino hacia éxito. De nada.

Haceos con esto: un traje «mid-gray» (ni muy oscuro, ni muy claro) de un buen sastre español, que nada tienen que envidiar a los ingleses; una chaqueta azul oscura, ligera, a ser posible de hombro napolitano (recurrid a un sastre tipo Panico); unos vaqueros en denim bruto (APC); unos pantalones de franela gris (Berluti); unos pantalones de loneta beige (Michael Bastian); una camisa blanca en un algodón no muy grueso con un cuello semi *cut-away* (Charvet); una camisa oxford azul (Thom Browne); dos camisetas, gris y blanca (Muji); un jersey azul marino de cachemira, lo más fino posible (Cruciani); un *crombie*, u *over coat*; unos *derbys* marrones, quizá de Weston; y unos *oxford* negros de Corthay. Una corbata de seda azul marino (8 cm) de Drake's.

Como reloj, cualquier modelo clásico, como un Patek Calatrava o un Piaget altiplano. También valdría un Rolex simple de acero.

En gafas de sol, Barton Perreira (acetato japonés, no italiano) o unas Oliver Peoples.

Clásico, pero con un *twist*.

14

BLANDO ES EL NUEVO MACHO

Una sabe que puede sobrevivir a todo cuando ha bailado «La culpa fue del cha-cha-cha» y el «Pump up the jam» de Technotronic del tirón y sin inmutarse. Y es que pertenezco a la empoderada generación del «dice mi amiga que si quieres rollo».

Por aquel entonces Ramón era Ramón y Manolo era Manolo. Fumaban rubio, iban a mítines de AP y podían darte una vuelta en Vespa. No estaban obsesionados con tatuarse e hipertrofiarse y, hasta donde alcanza mi memoria, no dudaban excesivamente de su sexualidad. Eran un puro producto heteropatriarcal. Y nacional. Como el DYC que mezclaban con Coca-Cola.

Mi adolescencia acabó repentinamente con el suicidio de Kurt Cobain, poco antes de que la España que conocemos hoy se empezara a pergeñar en los pasillos de la facultad de Derecho de la Complutense.

Por aquel entonces los tíos todavía no habían cambiado gran cosa. Durante los dos primeros años de mi etapa universitaria, casi me conformaba con que se ducharan y no me hablaran del subcomandante Marcos y del Ejército Zapatista de Liberación Nacional. Luego el asunto se complicó. Terminaron los 90, que habían venido a pulir el *power-suit* de los *yuppies* y el olor a Givenchy de Rufino que tanto gustaba a Luz Casal. Arrancó el nuevo milenio con promesa veraniega de pantalón de paramecios y pelotazo inmobiliario hasta que, años más tarde, cautiva y desarmada, me di cuenta de que la culpa nunca fue del cha-cha-cha, sino de Hedi Slimane. Si el «Pellón», o el «Zendal», más recientemente, son unidades de medida económica, el apellido del antiguo creativo de Dior, «Slimane», debería ser la medida sociológica del macho contemporáneo.

Aunque ya no está de moda ese aspecto entre yonqui y *boulevardier* de uña sucia que propuso el diseñador gabacho hace dos décadas, su espíritu sigue ahí.

El hombre anoréxico, suave y asexuado ha ido ganando terreno disfrazado de mil maneras. Incluso de leñador, sí. Muchas creímos que nos despertábamos de un mal sueño cuando apareció Don Draper con su *trilby*. El problema es que por la calle los tíos iban con *pork pies*.

Una puede aceptar una suavidad que en el fondo no es tal, como la de Alain Delon aplastando (¿empotrando?) a Romy Schneider contra el granito de una piscina en los altos de St. Tropez. Lo que me interesa menos es la suavidad por la suavidad, el hombre borreguito de Norit o, directamente, feminizado.

Sin embargo, déjenme hacer una declaración de intenciones: sobre gustos no hay nada escrito. Si ustedes se sienten atraídas, atraídos o atraídes por un cisgénero binario de genitalidad masculina con relativa carga viril, disfrútenlo con salud. Si pueden.

Asimismo, no vean en estas líneas, o no del todo, una crítica directa a un pensamiento, una «agenda» o un mercado que pretende colarme un modelo viril al que no veo el interés. Simplemente, como diría Drieu La Rochelle, todo escrito es confesión. Y si es cuestión de confesar, que cantaba Shakira, soy más del atractivo dandi maldito que de sus amigos Breton o Aragon; más de Barbey D'Aurevilly que de Víctor Hugo, y eso que el primero se maqueaba de lo lindo. Llámenme sapiosexual.

Así las cosas, entenderán que me baje algunos grados la temperatura cuando veo que el ínclito director del Centro de Alertas y Emergencias Sanitarias, Fernando Simón, es propuesto por los medios y *lasdesiempre* como representante de la nueva masculinidad. Puede que esto de querer alegrarnos el ojo con el hombre despeinado de paja que actúa como distractor en la tragedia que estamos viviendo responda a la estrategia de erotizar o suavizar ciertas crisis graves como medio de control de masas. Y miren, no sé si estoy en lo cierto, pero con las cosas de comer no se juega.

Me cuesta encontrar el punto a Simón, qué quieren que les diga. Lo intento, pero no da resultado. Permítanme dudar de la legión que estaría dispuesta a practicarle la maniobra de Heimlich en caso de persistir sus problemas con los frutos secos. A mí no me entra ni fotografiado sobre una moto neoclásica con cazadora de cuero y cara de preguntar si alguien busca a Jacques. No veo más que a un *normie* suavón al que le salen las pelotillas del jersey por las costuras de la chupa de *Terminator*. No me malinterpreten, todos somos un poco *normies*, pero pienso que hay mejores materiales para fabricar ciertos sueños.

Tampoco parece que Illa, nuestro Colin Firth nacional de Hiper Asia, vaya a calmar ningún furor uterino. Sin embargo, todo esto tiene un lado bueno. Las que hace no tantos años tenían como única referencia erótica a Varoufakis empiezan a ampliar su catálogo de mitos sexuales en el ámbito político.

En dicho ámbito, como en el resto, el cuento ha cambiado. Los fitoestrógenos campan por sus fueros en esto de la *res* pública, tanto patria como extranjera. Fíjense en Trudeau, Macron o el austero holandés de la bicicleta, por ejemplo.

Una casi preferiría que le gobernase Bao Dai, último emperador del Vietnam, que era igual de pelele y suave, pero tenía rollo. Si no se puede exigir una cierta virilidad a nuestras élites, por lo menos que no nos castiguen con esa pinta de oficinistas.

Por el lado de la farándula la flojera viril también está desatada. Miren a Olivia Wilde. Ha cambiado a su marido, un actor de aspecto corriente, por el cantante Harry Styles. Éste acaba de ser elegido el hombre mejor vestido del planeta y aparece en una foto con manicura francesa, cuello de puntillas y collar de perlas. Desconozco de qué manera Wilde le diferencia de su abuela. ¿Dónde está Freud cuando una lo necesita? Ya pueden imaginar quién es una de las inspiraciones estilísticas del cantante… Hedi Slimane. Esto es un complot.

En fin, no crean, no pido forzosamente la vuelta de un hombre a lo Lino Ventura, Don Draper o Errol Flynn, con o sin mallas. A estas alturas de la película, con que no demonicen la testosterona me vale. Aunque parece complicado. Basta no sé qué partido de fútbol en Bilbao para que ciertos grupos políticos, en un alarde de puro delirio magenta-separatista, vea una liberación innecesaria y excesiva de esta hormona. Malos tiempos para la raza vasca.

Si empezamos así, ¿en qué van a quedar los cánticos de estadio inglés como el «Cum on feel the noize» de Slade? La estrofa del *girls grab your boys* será sustituida por «chicas, agarrad a vuestro *gender fluid* de bajo índice testosterónico».

Vivimos una época formidable

Como dijo Ortega y Gasset –quien, por cierto, vincula la crisis de la modernidad con un déficit de masculinidad– sobre la II República, lo del macho contemporáneo «no es esto, no es esto».

15
THE CHAP: UNA ODA AL *TWEED*
―――

En febrero de 2019 la revista *The Chap* cumplía 20 años desde su creación y lanzaba su publicación número cien con el comediante Terry Thomas en portada como paradigma del *gentleman*.

Un tiempo atrás Gustav Temple, ideólogo del movimiento, sufría un varapalo emocional al leer la reacción de un seguidor ante una foto que aparecía en la versión online de su criatura. En ella, un *chap* cualquiera con traje, sombrero y semblante apuesto exhibía una actitud de ocioso paseante. Bajo la foto, el comentario que Temple querría no haber leído nunca: «¿Se trata de Jacob Rees-Mogg?».

Una vez recuperado del exabrupto, el quincuagenario fundador de la edición explica cuán desafortunado resulta que destacados miembros del partido de los *tories* hayan secuestrado en el imaginario popular la figura del dandi, del caballero atractivo con un punto poco convencional.

Y es que hay dos mundos, a priori irreconciliables, entre los que pivota el ideario *chap*. Por un lado, tenemos un inevitable elemento conservador, *good looking*, en el que podríamos encuadrar a los políticos mencionados anteriormente, pero, por otra parte, encontramos vanguardia, dandis errantes, extravagancia... Al final se trata de reunir en un solo tipo la fascinante mezcla de valores tradicionales y estética refinada con el *glamour* y el toque disoluto. *The Chap* reivindica al dandi anárquico en su credo. Su profeta sería John Steed, el popular personaje de la serie de espionaje *The Avengers* (1960). La misión que se arrogó Temple fue la de traer elegancia y distinción a un mundo que, ya a finales de los noventa, sentía como plano y desaliñado y que dos décadas después poco ha mejorado o, al menos, no al ritmo al que lo ha hecho la cuenta corriente de Gustav. Mientras, él bromea –orgulloso– sobre su influencia en el hecho de que ahora se pueda comprar un traje de *tweed* en Primark.

Uno de los estragos del signo de los tiempos consiste en una especie de desvanecimiento de la figura del caballero. Eso, cuando no es directamente objeto de burla, odio o ridiculización. Sin embargo, según Temple, rechazando al caballero también se rechaza a Terry Thomas –el arquetipo del caballero inglés de clase alta– o a David Niven. Y no existe nadie más *cool* que David Niven.

Frente a cincuentones con sudaderas, pantalones de explorador y sandalias, *The Chap* propone trajes bien cortados, bastón, sombrero y buenos accesorios como una corbata, un pañuelo de bolsillo, un bigotillo bien cuidado y un Bristol 411. De hecho, son los detalles los que diferencian al impostor –con un traje nuevo de la mencionada cadena de ropa irlandesa– del *connaisseur* con agallas suficientes como para adentrarse en el mundillo de la búsqueda del perfecto traje *vintage*, firmado por Henry Poole y a menudo vendido en subastas.

TREINTAÑEROS CON NOSTALGIA EDUARDIANA

Entre los jóvenes el traje está en auge. El *casual friday* de las empresas ayudó a su estigmatización como vestimenta de oficina y, ciertamente, no era considerado un elemento moderno del guardarropa. Gustav Temple denuncia que siempre ha habido algo *unhip* en un traje de *tweed*. Sin embargo, él mismo admite que el mérito de esta reconsideración por parte de individuos en la treintena se debe, más que a su proyecto, a series como *Peaky Blinders*. De hecho, en la página de *The Chap Magazine* destaca, con más de 24.000 visitas, un artículo de 2016 dedicado a ayudar a aquéllos que quieran emular –en lo sartorial, claro– a los matones de Birmingham.

En sus inicios, el movimiento *chap* se nutría de hombres de mediana edad, raramente por debajo de los 30. Ahora esto ha cambiado y cada vez hay más jóvenes que rechazan la cultura en la que han crecido, sobre todo en lo tocante al mundo digital. Se trata de surfear la ola de la modernidad en todos sus aspectos. Por tanto, la filosofía *chap* no tiene que ver sólo con una manera de vestir, ni siquiera de mirar al pasado con nostalgia, de reivindicar el espíritu de los *good old days*. La idea es la de traer el pasado a nuestros días, la de ser contemporáneos. Todos los movimientos culturales sienten nostalgia de lo no vivido y miran atrás; concretamente, dos décadas atrás. Los 60 hacen guiños a los 40 y los 40 a los locos años 20 del mismo modo que los 70 estaban obsesionados con los 50 y los *Teddy Boys*. Sin embargo, los *chaps* quieren recuperar para nuestros días las maneras del auténtico caballero inglés, ése que flota en el imaginario colectivo.

ACCIÓN CALLEJERA

Que el movimiento *chap* responde a una reacción ante corrientes de pensamiento dominantes queda claro en su reivindicación de la masculinidad, el clasicismo en el modo de vestir, las raíces y la tradición. Y en las causas por las que luchan. Porque los *chaps* han organizado protestas de diversa índole entre las que destaca la espectacular manifestación contra la inauguración de una tienda de Abercrombie & Fitch en Savile Row. Los adeptos a este movimiento se negaban a que la cuna de la sastrería inglesa –donde se confeccionó el uniforme con el que el almirante Nelson murió en Trafalgar o donde Eduardo VII inventó el esmoquin– fuera mancillada con la apertura de ese templo al «empleado semidesnudo y el logo pegado con pegamento a las camisetas» que es A&F. Con pancartas y consignas como *give three-piece a chance* («dadle una oportunidad al traje de tres piezas») coreada con la música de la canción de los Beatles «Give peace a chance», un puñado de hombres y mujeres vestidos como para rodar un capítulo de *Downton Abbey* hicieron lo que se esperaría de Albión: apoyar la tradición de manera divertida y excéntrica.

MANIFIESTO

La página web de *The Chap* nos saluda con un desafiante «amplía tu mente, refina tu armario» pero, sin duda, es su manifiesto el que ayuda a darse cuenta del tono humorístico, y en ocasiones delirante, del movimiento.

Redactado en inglés bíblico y como si de las Tablas de la Ley se tratara, desde él se conmina al aprendiz de caballero neovictoriano a usar *tweed*, puesto que es el tejido que da un aire distinguido –y, por tanto, evita que a uno se le sirva cerveza continental en un descuido– a fumar *Cavendish tobacco* para pipa, a ser cortés con las damas, a saludar con el sombrero, a llevar el botón inferior de la chaqueta desabrochado –en honor a Eduardo VII–, a dejar crecer el vello facial –bigote, nunca barba–, y a planchar los pantalones del traje. A abjurar del *slang* y de los pantalones vaqueros.

Gustav Temple es autor del libro *El manifiesto chap* (2001), que permite profundizar en el decálogo. En cualquier caso, si aun así le surgen dudas sobre si usted es un verdadero *chap*, la página ofrece una sección llamada «AM I CHAP?» a la que puede enviar sus fotos y aguardar el veredicto. Eso sí, no espere clemencia. Lo más probable es que, si usted pregunta si desean saber de dónde es su traje, le contesten con un sarcástico «*No, thanks*».

BUSINESS IS BUSINESS

Además de *El manifiesto chap*, Temple es autor otros cinco libros –entre los que destacan *Cocina para chaps* (2014) y *Cómo ser un chap* (2016)–, editor de la revista desde 1999 y un notable organizador de eventos que, como él mismo reconoce, tienen como objetivo principal la «venta de tickets».

La indiscutible transgresión que supone la vuelta a lo clásico hace que sus a menudo disparatadas convocatorias terminen resultando exitosas. Así pues, nostálgicos ataviados con sus mejores galas *vintage* disfrutan de las «Olimpiadas Chap», en las que se puede presenciar o participar en luchas de paraguas, lanzamientos de sándwiches de pepino o carreras de coches antiguos.

No se quejen: otras tribus urbanas, como los Steampunks, no se quedan atrás. El *Weekend at the Asylum* es un evento que tiene lugar en Lincoln (Inglaterra) y en el que jóvenes exhibiendo ropajes victorianos simulan que sus iPhones funcionan a vapor.

Las fiestas que organiza *The Chap* también son una oportunidad para beber cócteles dickensianos y bailar al ritmo de los dos volúmenes editados por la publicación. Adivinen.

En efecto, se trata de los vinilos de la banda sonora de *Peaky Blinders*, que, lejos de caer en la tentación de quedarse anclados en la Primera Guerra Mundial, transportan a David Bowie o a Nick Cave de vuelta a los años 20 del siglo pasado.

Pero *The Chap* no es solo cosa de *chaps*; las *chappettes*, como se conoce a las féminas seguidoras del movimiento, participan alegremente en las convocatorias festivas; incluso aquéllas que —cosas de la posmodernidad— habían cubierto sus cuerpos de tatuajes y ahora, con sus delicados *tea dresses*, parecen auténticas *rockabillies*.

Pero qué duda cabe de que la cultura, el arte y las corrientes nostálgicas son excelentes coartadas para aumentar el consumo, y en el caso que nos ocupa no iba a ser menos. En un vistazo rápido a la tienda online de *The Chap* encontramos a la venta ocho tipos de pañuelos de bolsillo, cera para el bigote, navajas y utensilios de afeitado, gemelos y hasta una marca propia de colonia y aseo personal: Flâneur.

INTERNACIONALIZACIÓN DEL FENÓMENO: LOS PASEANTES

Los bocetos parisinos de Baudelaire en *Las flores del mal* muestran como nadie la paradigmática figura del *flâneur*. El poeta agrega al dandi otro arquetipo de la metrópolis en el XIX: aquél que deambula por la ciudad, la pasea. En definitiva, camina, observa, medita. Decía Balzac que la vida elegante sólo es posible sin trabajar y el *flâneur* hace del tedio vital la causa para su peregrinaje errante.

En sus inicios, la revista se posicionó entre la vanguardia de otros proyectos más o menos alocados, pero ahora todo tiene más que ver con lo que pasa alrededor de la publicación. De hecho, sus eventos han conseguido internacionalizarse gracias a las convocatorias «Flâneur». Gustav Temple da una vuelta de tuerca al concepto de paseante y transforma esta actitud solitaria y ensimismada en oportunidad. Organiza paseos multitudinarios en capitales, sin rumbo fijo, al más puro estilo de los paseantes parisinos, como manera de reivindicar una vida sin medios de comunicación, en contra de las aglomeraciones, de las citas, de lo predeterminado.

Es en la primera de estas «quedadas» cuando Temple recibe la petición de unirse a ellos desde Düsseldorf. Y después, sorprendentemente, desde Los Ángeles.

Con todo, Temple no se olvida de España en su revolución anarco-dandi. No en vano, el periodista creció en Mallorca y vivió un tiempo en Sevilla. En un mundo donde se mira con lupa el gramaje del *tweed*, los milímetros de las solapas y los cada vez más menguantes cuellos de camisa, los zapatos de rejilla españoles para el verano son un accesorio muy cotizado. Por si fuera poco, en *The Chap Magazine*, la revista de corte *new traditional* de Temple, dedican un excelente artículo al origen de la chaqueta Teba, confeccionada en Savile Row para el rey Alfonso XIII y llamada así en honor a su amigo D. Carlos Mitjans Fitz-James Stuart, conde de Teba. Los novelistas victorianos exponen el esnobismo para revelar los males que aquejan a la burguesía inglesa, pero, si bien es cierto que ese esnobismo es parte de la elegancia, por un sencillo corolario, la elegancia tiene algo de saber reírse de uno mismo. ¿Se les ocurre mejor forma de practicar el sentido del humor inglés que hacer de su vida un continuo retorno a Brideshead?

16

HOMBRES ELEGANTES

Gary Cooper. Fin del artículo.

Cary Grant –si quieren que amplíe–, por encargar sus camisas en Burgos, un clásico de la camisería patria, y sacar partido a esos insulsos trajes de Kilgour que en él resultaban perfectos.

Gianni Agnelli, a pesar de ser el padre de la monstruosa escuela de la *sprezzatura* (o el descuido estudiado), que tantos males nos trae hoy.

Y Steve McQueen. Es raro encontrar a alguien que les saque tanto partido a unos pantalones de loneta y a una cazadora.

Ahora sí. Ellos cuatro lo han sido todo en el mundo de la moda masculina contemporánea. Es difícil apartar los ojos de la pantalla cuando aparecen.

Estaban antes de que el atuendo fuera el fin y no el instrumento. De seguir existiendo, no harían falta tinglados como Pitti Uomo (salón italiano de la moda masculina). Ellos solos podrían anular todo el universo de tenderos, sastres y compradores de grandes almacenes en el que se ha convertido ese *happening* vestimentario masculino que rige los destinos sartoriales de algunos.

El problema fundamental es el nacimiento de los nuevos modelos de negocio –la era de Internet y de las redes sociales–, que, por un lado, visibiliza a algunos artesanos locales pero, por el otro, «marketiniza» y «estandariza» la elegancia.

No hace falta saber de moda para darse cuenta de que casi cualquier hombre de los años 40-50 tenía algo de lo que carecen los «nuevos elegantes», ésos con pinta de Leiva pasados por Nápoles o Savile Row.

Fíjense en Camus, por ejemplo. Convertido en icono por el sempiterno cigarrillo en la comisura de los labios, su gabardina con el cuello subido en una mañana nublada, su mirada inteligente y sus desencuentros con Sartre. Tengo la teoría de que el filósofo le molestaba más por feo que por comunista. Albert Camus prioriza la nobleza y el honor en el oficio de escribir. Un hombre elegante escribe.

Y es que el aspecto de canallita posmoderno, de *hipster* elegante, de miembro de la familia Shelby y los preceptivos tatuajes y *undercuts*, acompañados de un traje caro, jamás tendrían nada que hacer frente al estilo desenfadado de Cooper. Este resultaba igual de magnético con un *drape cut* (ah, la sastrería inglesa) que vestido de *cowboy*. Azorín llegó a comparar al *sheriff* de *Solo ante el peligro* con el hidalgo de la Mancha.

La elegancia es un don de la naturaleza, pero también un arte que se cultiva conociéndose a uno mismo y adaptando la actitud exterior a la interior. El atractivo es aleatorio e injustamente repartido, pero la personalidad, la virilidad, la honestidad intelectual y el espíritu se pueden trabajar y deben transmitir algo. Si sólo traduces lo que el mercado quiere de ti, acabas siendo como Beckham o Cristiano, cosa que no está mal cuando el horizonte vital de uno es llenar el tálamo de aspirantes a modelos y frecuentar discotecas de moda. *To live outside the law you must be honest*, que diría Dylan.

¿QUÉ ES UN HOMBRE ELEGANTE?

Un hombre elegante no es un dandi, un hombre elegante practica el don de sí mismo y calcula sus excentricidades. Un hombre elegante no habla de dinero. Un hombre elegante no hace videollamadas. Un hombre elegante no mantiene conversaciones sobre política desde Anthony Eden.

Un hombre elegante anhela un escritorio de viaje –el de sir Arthur Conan Doyle era de la *maison* Goyard– o un baúl biblioteca como el de Hemingway. Un hombre elegante sólo debería viajar para hacer un *grand tour*. A un hombre elegante no se le ha perdido nada fuera de Occidente, no tiene necesidad de abandonar la civilización, valga la redundancia. La campiña inglesa cuenta como civilización.

Un hombre elegante sabe que *My Way* es de Claude François. Un hombre elegante usa estilográfica. Le interesa, en casi todo, el gesto del artesano y la técnica secular; conservar rasgos de un pasado que, para él, desaparece angustiosamente rápido. Un hombre elegante no es muy práctico.

Si tenemos en cuenta que la elegancia es centrífuga –sale del centro de la persona y no de la indumentaria–, deberíamos poder transigir en algunos aspectos. *A priori*, todos ustedes me dirían que un hombre elegante no lleva joyas. Y yo estaría tentada de darles la razón, pero es ver la foto de Clark Gable con una esclava en la terraza de un restaurante (en 1953, en Venecia) o de tipos con *chevalières* y abalorios bien llevados y me digo, una vez más, que las generalizaciones las carga el diablo. Una cosa es que uno elija decorarse poco o nada y otra bien distinta es que hacerlo no sea elegante. Pues oigan, dependerá de la gracia, el momento y la personalidad de cada cual. A menudo, la visión del «hombre elegante» está llena de miopías de clase y lugares comunes. Los tirantes y el chaleco, por ejemplo, se consideran cosas de «gordo». Y yo juro por Alexander Kraft que los tirantes hacen que los pantalones sienten mejor, y el chaleco, bien llevado, puede tener su aquél. De hecho, para climas donde el frío es soportable, puede llegar a evitar un abrigo que, como decía Foxá, es caro de mantener. Todo esto es una cuestión de gustos y haríamos mejor en no pontificar mucho sobre el asunto en una época donde el *streetwear* hace estragos.

    Ocurre lo mismo con el cuello vuelto en los hombres. De nuevo, depende. Un torso estilizado y una estructura ósea *ad hoc* lo aguantan todo. Si su biotipo es más tirando a pícnico, permítame anunciarle que tiene muchas papeletas para parecer un mando medio del RN, el partido de Marine Le Pen (cuyo padre, por cierto, llevaba de maravilla los *col roulé*).

    Pero sí hay reglas. Un hombre elegante cree en Dios. Un tipo con una chaqueta de *tweed*, arrodillado en la catedral de San Esteban elevando una plegaria, no tiene nada que envidiar en elegancia a cualquiera de las instantáneas que ilustran el libro *Enduring Style*, el monográfico –prologado por Ralph Lauren– que Bruce G. Boyer dedica al estilo de Gary Cooper a partir de fotografías del álbum familiar del actor. Cooper, por cierto, como no podía ser de otra manera, luce impecable en la audiencia que mantuvo en Roma con Juan XXIII. Un hombre elegante, cual capitán de barco antiguo, es la autoridad suprema a bordo, por debajo sólo de Dios y gracias a Él. La elegancia es, pues, revolucionaria.

Un hombre elegante jamás pisaría una facultad de periodismo o políticas después de los años 50. Un hombre elegante nunca pediría el menú degustación. Un hombre elegante sólo tiene un abogado. Y porque es su amigo. Un hombre elegante se comporta como si fuera otoño siempre. Fuera de unas manos viriles, recias y cuidadas, no es posible la elegancia.

Roger Scruton sólo encuentra una vía para surfear la posmodernidad: la íntima y necesaria conexión entre moral y belleza.

Un hombre elegante leería este libro durante una sobremesa de domingo, con una media sonrisa y un dionisíaco Octomore en la mano. Entonces, se dispondría a pasar la tarde revisando el ensayo sobre la nobleza de espíritu de Enrique García-Máiquez.

Sé que me van a pedir referentes entre nuestros coetáneos y me adelanto a sus deseos: no le pierdan la pista al diplomático y escritor Mario Crespo ni al jurista y experto en moda Juan Pérez de Guzmán.

III

PERFILES

17

ZEMMOUR PARA INICIADOS

Durante mis años universitarios, en la década de los 90, estuvo de moda un libro –disculpen que no recuerde título y autor– sobre «cómo conseguir marido». A la vista está que yo no lo compré, pero recuerdo a compañeras forrando sus tapas para poder leerlo en lugares públicos sin sentirse avergonzadas.

Noviembre de 2014. Dos meses antes de que Francia sufra la convulsión del atentado contra *Charlie Hebdo*, un joven estudiante leía un libro, igualmente camuflado, en la esquina de un vagón de metro en la parada de St. Denis Université (París VIII). Estaba rodeado de *des gens issus de la diversité* («gente surgida de la diversidad»; básicamente magrebíes y africanos franceses de tercera generación) y su lectura vergonzante se llamaba *El suicidio francés*.

Escrito por el periodista Éric Zemmour, se trata de un *best seller* de ensayo político que daría mucho que hablar. Cuenta a los franceses cómo está periclitando lo poco que queda de la *douce* France de Charles Trenet. El libro tiene por objeto «deconstruir a los deconstructores», denunciar a los culpables del fin de la Francia yé-yé y los cuarenta años gloriosos. Nada escapa a su afiladas teclas:

la crítica a la Ley Pleven de 1972, que abre la puerta a que cualquier chiringuito comunitario se sienta ofendidito por tales o cuales declaraciones de un tercero; la poco conocida Ley Pompidou-Giscard-Rotshchild de 1973, que dispara los intereses de la deuda pública francesa; la asociación SOS Racisme, que fue bien engrasada por el PS de Mitterrand y que, con su famosa campaña –defendida de manera entusiasta por el «huracán» BHL– *Touche pas à mon pote* («no toques a mi colega»), empezaba a vender la multiculturalidad en Francia; el cine; el arte contemporáneo; la culpabilización del hombre blanco heterosexual; la feminización de la sociedad... *Tout y passe!*

Zemmour, un *pied noir* con pinta a medio camino entre jesuita secularizado y Gargamel, ya es conocido en el Hexágono. Todo el mundo sabe que salió de Sciences Po', prestigioso centro fabricante de élites cosmopolitas, que no pudo acceder a la Escuela Nacional de Administración, llave que abre las puertas del poder en Francia, y que sus artículos en *Le Figaro* y su participación con Éric Naulleau en la gran «misa» de la televisión pública francesa, la emisión *On n'est pas couché* (ONPC) del insoportable animador televisivo Laurent Rouquier, han hecho de él un personaje de peso, la voz de cierta derecha francesa.

El 28 de septiembre de 2019, Marion Maréchal Le Pen organizaba la Convención de la Derecha en la Palmeraie. Una audiencia reducida en número que ocupaba las sillas de plástico blanco y un escenario modesto, decorado con vegetación y lucecitas –más propio de verbena de la tercera edad que de una oscura «inspiración fascista», como lo ha calificado Le Monde–, han constituido el marco de un evento que ha puesto al borde de un ataque de nervios a la políticamente correcta progresía mediática francesa. A la española un poco menos, porque sólo oye campanas y hace de altavoz modulado.

Entre el público, no sólo lánguidas francesas de cabellos rubios y piel clara, al estilo de Maréchal, sino también algún hombre negro y el sofista ultra *bobo* del barrio de St.Germain –invitado como orador, en un intento de rebajar el nivel del discurso, entendemos– Raphaël Enthoven. La presencia del abogado Gilles-William Goldnadel y de ciertos escritores de la editorial RING como Laurent Obertone –otro de los oradores previstos en el evento– no ayudan a desdeñar ciertas acusaciones de islamofobia o sionismo, según se mire, que lleva adherido el movimiento donde la sobrina de Marine Le Pen desempeña un papel fundamental.

En uno de los discursos, un hombrecillo sexagenario advierte de los peligros de la religión del progresismo en sus dos variantes: el globalismo liberal, que reduce al hombre a un mero consumidor histérico cuya patria es el mercado; y el liberalismo moral –propio de cierta izquierda–, que justifica la inmigración masiva, el multiculturalismo, la obsesión por los derechos humanos y los movimientos de ofendiditos y minorías por doquier. Pero su objetivo prioritario es el islam. Es aquí donde se explaya y utiliza toda su artillería crítica.

Se trata de Éric Zemmour poniendo el dedo en la llaga y es enormemente meritorio que un personaje perteneciente a la comunidad judía, que tanto peso tiene en Francia y que, por desgracia, en múltiples ocasiones sólo se manifiesta a través de asociaciones victimistas y personajes esperpénticos como Finkielkraut, y los Lévy (Bernard y Élisabeth, que no son lo mismo; sólo comparten tribu), pueda hablar sin despeinarse sobre Pétain o de las derivas de esa falsa religión del progreso que atañe tanto al liberalismo económico como al moral.

Así pues, el proyecto de Zemmour no data de antes de ayer. Su objetivo es tender puentes entre la derechita cobarde y la derecha más a la derecha y, por qué no, como evoca nuestro *cher* Éric al principio de su alocución, puede incluir a populistas (tradúzcase por «chalecos amarillos») e incluso a ciertos insumisos del hermano Mélenchon que, una de dos, o son muy inteligentes o son añejos seguidores del mítico comunista Georges Marchais.

Las reacciones no tardan en llegar a derecha e izquierda. Las del lado zurdo son, como siempre, prescindibles por la obcecación con que niegan la realidad y con que utilizan la «intolerancia» y el «odio» como comodines habituales de un discurso que ya no sorprende a nadie. Los zambombazos por su, llamémosle derecha, serán más certeros.

La disidencia, representada por el apestado Alain Soral –ensayista y librepensador cuya visión es definida por su amigo el comediante Dieudonné como un poco *trash* y un poco *punk* (Señor, dame solo enemigos) y con el que Zemmour mantiene una relación epistolar electrónica y un pacto de silencio–, lleva ya un tiempo tratándole de «nacional-sionista» y esta vez no será la excepción. Para la línea soraliana de Égalité *et Reconciliation*, la condición judía de Zemmour –un reaccionario de corte identitario al fin y al cabo– sería un lastre, pues le haría ver en el musulmán un enemigo natural. Por tanto, como le gusta decir a Soral, a Zemmour le faltan claves, ¿o quizás las ignora deliberadamente?, para entender la realidad y los padecimientos de Francia.

Marine Le Pen ha reaccionado en el medio *Valeurs Actuelles* a la cacería mediática que padece Zemmour, exacerbada desde su discurso en la Convención de la Derecha, posicionándose a favor de la libertad de expresión (en su acepción universal, no para jetas, que es lo propio de la izquierda) pero en contra del «pesimismo de Zemmour» y, otra vez, de su islamofobia. La líder de RN aprovecha para que quede claro que ella sólo es antifundamentalista.

Del pesimismo ya nos lo dijo todo Bernanos y, a la manera del escritor francés, de Drieu la Rochelle y de algunos otros, Zemmour se muestra transgresor, comprometido, devoto de su propio credo y, como si se tratara de un Savonarola moderno, aniquilador de vanidades.

¿Quieren analogías para entender este quilombo? ¿Estamos ante una *alt right* afrancesada o una excepción política francesa? Para hacerse una idea aproximada del palo del que va Zemmour, (he dicho «aproximada»; no se la cojan con papel de fumar) imaginen la línea política de un VOX maduro, fuertemente intelectualizado y desprovisto de cierto folclore. *Voilà, quoi.*

18

Y SORAL CREÓ LA DISIDENCIA

Alain Bonnet de Soral o Alain Soral (Aix-les-Bains, 1958) es un *expunk* medio atractivo con doble nacionalidad francesa y suiza que no acabó la escuela de Bellas Artes pero que, a cambio, conoció toda la depravación que podía ofrecer la ciudad de las luces a principios de los 80. Frecuentó el llamado «vientre de París», el céntrico barrio de Les Halles pegado al de Le Marais, ahora zona de consumismo vulgar, mediocridad turística y arte contemporáneo.

Se ganaba la vida como podía. Trabajó como modelo publicitario para Jean Paul Gaultier y fue asiduo de la mítica discoteca Le Palace, «especie de copia del Studio 54 neoyorquino», lugar de culto para la *beautiful* parisina, que celebró allí la victoria de Mitterrand en 1981, y donde toda locura tenía su asiento. El número de habituales del lugar muertos por sida debe de ser escalofriante. Pero, bueno, la *rigueur* todavía no estaba de rigor y era la época alegre del postsesentayochismo despreocupado, en la que un impresentable Daniel Cohn-Bendit podía salir por la tele pública de allende los Pirineos bajo los efectos de los cannabinoides contando sus pedófilas experiencias como profesor de un jardín de infancia alternativo en Alemania.

Pero no nos desviemos. Soral conoce al dedillo el *showbizz* y el París mundano. Ha sido *punk*, brevemente comunista, experiodista, especialista en moda, forofo del boxeo francés, seductor profesional de desconocidas en la calle (a lo que ha dedicado una película), escritor, polemista, conferenciante, director de una casa editorial... Aparecía con frecuencia en televisión con el objeto de debatir en todo tipo de programas, aunque su especialidad eran las emisiones de sobremesa dirigidas a amas de casa en la cincuentena. Nunca más sería invitado. Sus críticas opiniones sobre el judaísmo e Israel le pasarían factura, nunca mejor dicho.

El saboyardo lo tiene todo, incluida una hemana actriz, Àgnes Soral, con la que comenzó a frecuentar el mundo de la noche parisina y que ha escrito recientemente un libro abjurando de él y, por supuesto, aprovechando lo sulfuroso y controvertido que es su hermano.

Pese a su pinta de quebrantahuesos, Soral nunca ha roto un plato. O casi nunca. Si no tenemos en cuenta el episodio en que cascó al pobre Daniel Conversano durante un debate que moderaba Dieudonné (y donde pronunció su famosa frase «empieza por hablarme educadamente»), no le ha hecho falta sacar los puños. Siempre lleva guardaespaldas.

El único duelo conocido al que se enfrentaba lo ganó moralmente contra el *youtuber* «Raptor Dissident». Raptor, un culturista de veintitantos (cercano a la disidencia nacional-sionista de la editorial RING y compañía), le retó a una pelea de MMA y Dieudonné se ofreció a producir el espectáculo (al estilo Larry King). Hay vídeos de Soral, que es instructor de *Savate*, entrenando en los Pirineos con otros campeones de artes marciales para preparar un combate que nunca se produjo. Raptor no sabía que se la jugaba contra un tipo bastante más curtido, menos ingenuo, que él. Vio que la comunicación de Soral alrededor del evento –y el circo que se estaba montando– no le convenía. Se rajó. Perdió antes de llegar al cuadrilátero y abandonó el mundo de la disidencia.

Pero, aparte de ser un acerado crítico del judaísmo talmúdico y sus circunstancias, Soral cree en una sociedad tradicional en la que la virilidad, el *logos* (la reflexión) y Cristo superen la feminización, la emoción, los valores burgueses y el dios mercado.

A finales de los 60, debido al espectacular desarrollo económico posterior a la Segunda Guerra Mundial, ciertas corrientes marxistas occidentales abandonan la antigua ortodoxia en lo que se refiere al trabajador. Éste es cada vez menos paria y más clase media. Los trotskistas están consternados, llevan la revolución como el sashimi, pero surge una idea genial signo de aquellos tiempos: hay que deconstruir. Transformar la realidad tal y como la habíamos conocido hasta entonces. A partir de ese momento, pocas cosas escaparán a la tiranía de la ingeniería social.

El filósofo y sociólogo francés Michel Clouscard publica en 1972 *Neofascismo e ideología del deseo* y acuña el término «liberalismo-libertario». Clouscard desencadena una tormenta entre la izquierda ilustrada francesa al dar la señal de alarma y advertir que un veneno se ha infiltrado dentro de lo que, hasta entonces, era el búnker ideológico del obrerismo marxista. Ha nacido el llamado «progresismo», que no es sino el resultado de la vergonzante coyunda entre el liberalismo moral y el económico, que hace la cama a una izquierda fetén transformándola en «progresismo» y, por tanto, en tonta útil y servidora eficaz de ese capitalismo y ese poder que dice combatir.

El pensamiento Clouscard es clave para entender la figura de Soral, quien se autodefine como su hijo espiritual, y en cuyas tesis profundiza en el libro *Jusqu'où va-t-on descendre?* («¿Hasta dónde vamos a caer»?). Soral introduce el concepto «Lili-Bobo» (Liberales Libertarios Burgueses Bohemios) para hablar de los *sesentayochistas* reconvertidos al liberalismo económico, aunque en algún momento admite que la ideología libertaria actual se apoya en individuos en los que ese «bobo» se refiere más bien a bolcheviques bonapartistas.

Entre los políticos liberales-libertarios que Soral combate encontramos a Édouard Fillias, Manuel Valls o el propio Daniel Cohn-Bendit, actual gran apoyo de Macron (ya saben, el César del Elíseo, el terror de las pistas tecno-gais del país galo) dispuesto a vestir mil chaquetas distintas. En cualquier caso, sus enemigos políticos son innumerables a derecha e izquierda del sistema republicano, que él identifica con el sionismo y la francmasonería.

El idilio intelectual con Clouscard llega a su fin cuando Soral vira a estribor haciendo campaña para el Frente Nacional a partir del año 2000. Es entonces cuando el filósofo le repudia en un artículo publicado por el periódico comunista *L'humanité* y titulado «En las antípodas de mi pensamiento».

Así pues, tenemos a Soral, *el dragueur des rues* (el «ligón de la calle»), con casi más conquistas femeninas (y masculinas según alguno de sus enemigos) que Julio Iglesias, metiendo mano al partido de la ultraderecha francesa. Es uno de los responsables del giro «social» del FN, que algunos cortos de miras llaman «populista» o «podemita», pero que tan sólo fue el abandono de ese liberalismo reaganiano y de ese derechismo económico que profesaba el partido mientras duró el muro y dos décadas más.

Él, y sobre todo Florian Phillipot, un discípulo de Chevenement (izquierda nacional-populista), fueron haciendo del FN un partido transversal que pudiera ser votado por los antiguos obreros socialistas de la deprimida e industrial Picardia –abandonada, entre otros, por el oligarca del lujo y los medios Bernard Arnault– y por la tercera edad de vida acomodada y exótico acento de la Costa Azul.

Paralelamente, es Soral quien intenta la adhesión de los musulmanes patriotas al FN e incluso a otros movimientos en los que participa actualmente. Ello le ha valido el desprecio de la derecha «identitaria» o «nacional-sionista», como él la llama.

En estos años, entabla amistad con el comediante Dieudonné, actuando como ideólogo en la sombra de sus *performances*.

En 2009, Soral escribe para Jean-Marie Le Pen uno de los mejores discursos que jamás se hayan dado en el FN, pero, una vez más, la historia de amor acaba abruptamente cuando se siente traicionado por la posición proisraelí del consejero internacional de Marine Le Pen, Aymeric Chauprade. Tras unos improperios públicos a Chauprade, poco cariñosos, y debido a lo que él considera «sumisión al sionismo», le hace directamente responsable de la escisión de *Egalité et Réconciliation* del FN.

Pese a todo, dice que su relación con Marine es buena y por eso apoyó al FN, desde su plataforma «É&R», en la campaña del 2017 contra Macron. Aun así, montó en cólera al constatar el buen perder de Le Pen durante la noche electoral, cuando se puso a bailar frenéticamente al ritmo del francés –de origen judío– Jean Jacques Goldman, mito del pop gabacho de los 80 y 90, con unas marujas afiliadas al partido. La asociación *Egalité et Réconcialiation* y toda su parafernalia (el sello editorial de Soral, *Kontre Kulture*, la productora de los espectáculos de Dieudonné...) dan soporte al nuevo partido, *Réconciliation National*, que, al menos judicialmente, ha sido domiciliado en Saint-Denis, en la misma *banlieue* popular donde Soral tiene el resto de sus movidas, aunque él viva en la orilla izquierda parisina, tan burguesa-bohemia.

También es propietario de un sitio de internet que, a pesar de ser *underground* y subversivo, es el primer sitio de reinformación en el Hexágono y cuyos foreros tienen, en general, una visión del mundo sólida y un nivel intelectual considerable. Esto ha sido reconocido por algunos medios de izquierdas cazadores de complotistas, de antisemitas y de *fake news*. Les sorprendía que una página «facha» tuviera unos seguidores de tal fineza intelectual.

Reconozcan que el cóctel es potente: tradicionalistas, sedevacantistas y no sedevacantistas; identitarios; monárquicos de la Acción Francesa o monárquicos sin más, tanto legitimistas como orleanistas; bonapartistas; nacionalsocialistas (el nacionalsocialismo es más francés que el queso antes del postre); populistas de todo pelo y condición; fascistas; patriotas árabes; admiradores de Dieudonné; progres desengañados; madres de familia; y, por supuesto, complotistas. Todo cabe ahí dentro, y con alegría, cuando se trata de acribillar a la masónica y perversa *République*.

Pero, claro, permitirse estos «lujos» en democracia tiene un precio, y es bastante caro. Sí, ya conocemos la pesadez de la «paradoja popperiana», tan de moda últimamente entre el progreliberalismo, y el revolucionario «no habrá libertad para los enemigos de la libertad» (sobre todo económica). El caso es que Soral lleva acumulados un año de cárcel que no se sabe muy bien si cumplirá, y mucho más de cien mil euros de condena repartidos en más de una treintena de procesos judiciales contra todo tipo de asociaciones de ofendiditos imaginables, *lobbies* y personajes de la sociedad francesa como el extinto Pierre Bergé, amante de Yves Saint Laurent y de las sesiones sadomasoquistas con empleados en su proustiano *château* de Normandía (si atendemos a las memorias de su chófer-gigoló).

Si las condenas en procesos judiciales fueran un indicador del nivel de disidencia, Soral sería un superdisidente comparado con Zemmour, claro, cuyas condenas judiciales son «pipí de gato», que diría Macron.

En su línea, Soral lo deja claro: «Izquierda del trabajo y derecha de los valores». Familia, patria, tradiciones, anticapitalismo y socialismo. Igualdad y reconciliación, no pueblo elegido y tierra prometida.

Y piensa arreglárselas solo.

19

BEA (FANJUL)

Bea es todo lo que está bien en una rubia. Tiene una belleza tramposa, porque te confías. La ves muy mona y sonriente y te parece guapísima y querrías llamarla por las noches a decirle que fulanito no te hace caso. Y entonces Bea, sin mover ni un dedo, tiene la capacidad de levantarte a fulanito y a diez como él. La trampa está en que la seguirías adorando aunque lo hiciera porque es muy mona y sonriente.

Una vez le dije que el algoritmo de Twitter me sugería siempre su cuenta y que desde cuándo el algoritmo contaba como parámetro de afinidad la belleza. Y Bea rio y me siguió.

A Bea no le va a sentar mal que haya empezado por lo mona que es porque es una *millenial* con el discurso generacional superado. Es lo que tiene ser vasca y haber dado un paso al frente, que tiene más gónadas que cualquier ofendidita.

Salió hace tiempo en defensa de Cayetana Álvarez de Toledo, y casi consigue que nos caiga bien. ¿Se imaginan? El liberalismo cosmopolita de Cayetana cayéndonos bien... Esta chica podría conseguir hasta que votáramos al PP; es de locos. Pero es que Bea dice que también aspira a ser marquesa ultra y, claro, una cree que va a morir de amor y que la diputada va a estallar de tanta perfección. Lo que no sabe es que la aristocracia de espíritu, que diría el poeta García-Máiquez, ya la tiene. La tuvo cuando nos contó que su referente era María San Gil. Estoy segura de que es dura como sus abdominales (cómo me alegro de no ser redactora del grupo ATRESMEDIA y no tener que plantearme si mi figura retórica utilizando su físico es machista) y de que cuando se publicaron sus fotos en bikini lo pasó mal. Y un poco bien también, porque no se puede tener ese oblicuo transverso y pasarlo mal. Pero luego estuvo apenada por la supuesta periodista a la que echaron por el artículo de marras y eso no, Bea. Porque se veía el troleo de la niñata a kilómetros. Y porque en política y, sobre todo, en redes sociales hay que dejarse casi toda la bondad en casa.

Tengo una buena noticia y una mala. La buena es que Bea tiene una hermana gemela, así que, miren, hay dos y, con un poco de suerte, la otra molará igual que ella. La mala es que parece que, finalmente, no será el agricultor Tom Rohde el que la invite a un Jameson. Hay indicios de que Martínez-Almeida lo ha adelantado por la derecha y de que le ha enseñado el cielo de Madrid a la vasca, con lo que el agricultor andaluz se queda compuesto y con su Paco. Yo lo entiendo; no veía a Bea vareando olivos, porque las marquesas tienen que estar a lo que están.

Le honra haber salido en defensa de Álvarez de Toledo, más que nada porque Cayetana tenía razón y porque este PP cada vez más irrespirable no deja pasar una oportunidad de demostrar que son especialistas en dejar tirados a cualquiera que tenga un destello de lucidez. Y pienso en Rita ahora. En mi alcaldesa. Que sería muchas cosas, entre ellas, una señora. Una marquesa de espíritu. De la huerta, como somos los valencianos, pero una marquesa de esa sociedad fascinante de Vizcaíno Casas. Hay que tener un espíritu muy elevado y llevar la aristocracia en el alma para pedir para cenar, por última vez, un whiskey y una tortilla de patatas. Esa comanda redimió a Rita.

Y ahora, Bea. Que es muy mona y sonriente y tiene redaños.

20

YOU SEXY THING, ALMEIDA

Me ha tocado leerme qué pasó con Almeida en Vicálvaro para escribir este artículo porque no sabía de dónde venía el famoso intento fallido de insulto podemita. Ya saben, el de la «p» *word*. Y encima me he tenido que documentar (es un eufemismo, claro) en el diario *Público*. Lo que no haga yo por ustedes.

Y resulta que hay un tipo, cantautor, dice el gachó, que incluso escribió una canción en la que entona el *carapolla*. Pero que no quiere que se crea que va para Almeida, porque no busca problemas con las autoridades. Por si ustedes se preguntaban si se podía tener menos agallas que Valtonyc.

A mi sobrina pequeña le fascina una canción de mi época, que es la de Almeida. El grupo infantil se hacía llamar Los Punkitos y repetían en bucle «pis, pis, caca, pedo, culo, pis». El *músico* madrileño tiene un público objetivo en párvulos de cuatro. Freud también estaría encantado de conocerle.

Por lo visto todo esto de los insultitos empieza porque José Luis limpió en dicho barrio una pintada: A.C.A.B (*All cops are bastards*). Y, claro, que si pilila.

En cualquier caso, lo que ha ocurrido esta semana en redes sociales no tiene como centro –aunque puede que sí en los sueños de alguna– la discusión de si lo de Almeida es un falo preconciliar, que diría Cela. Más que nada porque nadie duda de que las cosas del alcalde están donde tienen que estar y cargando a la derecha. Almeida es una patada en la ingle a los aliados. A ver si creen que las mujeres quieren al lado a un desorientado. La fortaleza física de Ortega-Smith, el sentido común de Abascal, la inteligencia y los puntos sobre las íes de Almeida frente a la bragueta desbocada de Iglesias y el narcisismo patológico de Sánchez. El honor versus el engaño. Los códigos de siempre frente a la tribu sin desparasitar.

Circula por Twitter un vídeo en el que el alcalde de Madrid deja a una presentadora de *La Sexta* con la vena del sectarismo hinchada. Al borde del gritito y de la denuncia por no pensar lo que ella dice. A punto de llevarse el *Scattergories*. Martínez-Almeida responde con serenidad y contundencia y las mujeres de bien salivan.

El descubrimiento de que el nuevo alcalde con pinta de Felipe –el de Mafalda– no tiene complejos ha puesto al *team* facha, al sector aseadito femenino, a buscar el *Telva Novias*. El tuiterío –votante o no– le ha lanzado ofertas de matrimonio como quien no quiere la cosa. Que si *jijijaja*, pero pongo tu arroba en mi tuit, José Luis. A ninguna se le escapa que Martínez-Almeida debe de ser de los que sólo desenfunda con un «hasta que la muerte nos separe» por medio, lo cual, visto el documental de *Discovery Channel* en que se ha convertido la bancada podemita, cotiza alto si llevas melena lisa y perlitas.

Almeida es abogado del Estado y eso un poco sí que hace hiperventilar a las mujeres. Se ha criado en la zona de Capitán Haya pero se adapta a todo con clase. Almeida era del turno de mañana de Retamar y su integridad y espiritualidad no es impostada. Almeida carga cajas con mascarilla en Aluche y el voluntariado le pilla entrenadito, de cuando nadie hacía la foto. Almeida se iba el primero de las bodas y se va el último de su despacho por las noches.

De la potencia sin control de Iglesias, de su entrepierna *agit-prop*, de su miseria moral, de su falta de honor, de su inmadurez, nos da el contrapunto el alcalde de Madrid. Nos hace imaginar que hay un mundo con hogares, sin piscinas con forma de riñón, donde se reza *Jesusito de mi vida* con los niños, se trabaja por los demás, se regalan perlas australianas, se manejan crisis con seguridad y eficiencia y donde quizá, quién sabe, todo sea preconciliar.

21

MARQUÉS DE TAMARÓN: EN EL OTOÑO DE LA VARONIL EDAD

Debía de tener unos siete u ocho años cuando la revista *Sol y Luna* publicó su foto. La leyenda al pie rezaba: «El joven Santiago de Mora-Figueroa, que es, sin duda, el futuro Gary Cooper».

La anécdota provocó las risas de su madre y la indignación de su padre, acérrimo celtíbero, pero lo cierto es que la publicación no erró del todo en sus predicciones. Santiago de Mora-Figueroa y Williams alcanzó la estatura –y el porte– del actor norteamericano. También su elegancia.

Sin embargo, el jesuita que lo entrevistó, casi a esa misma edad, para aceptar su solicitud de admisión en el colegio de Areneros no tuvo la misma perspicacia que el periodista de la revista de sociedad.

Fue su madre, anglicana, la que se empeñó; Santiago tiene que ir al Eton o al Harrow español, y ésos son los jesuitas. Su padre, que no guardaba buen recuerdo de los de El Puerto de Santa María, se opuso. Además, no sabía lo que era Eton; no hablaba inglés ni le importaba. Naturalmente, acabó imponiéndose la opinión de su madre.

El que sería director del Instituto Cervantes (de mayo de 1996 a abril de 1999) recuerda perfectamente las preguntas que le hizo aquel cura en una especie de prueba de acceso de andar por casa: «Escribe tu nombre y dime cuánto es 36 entre 6». Santiago, nervioso, se equivocó en las dos respuestas y ahí acabó su carrera con los jesuitas. Finalmente, cursó sus estudios en los Sagrados Corazones. A los 16 años leyó *El príncipe* de Maquiavelo. En aquella época el libro estaba en el Index Librorum Prohibitorum. Y Santiago se arrepintió. Por lo aburrido que le pareció, claro: «Al menos en la versión española; igual la italiana es mejor». Posee ese sentido del humor que caracteriza a la gente seria: «El equilibrio exige sentido del humor». Y sólo hay que leerle, o escucharle, para comprobarlo. Del mismo modo maneja la ironía, aunque su madre le advertía que era una cosa, ésta de la ironía, con la que llevar cuidado, «pues los niños y los perros no la entienden y pueden ser heridos por ella».

Así pues, el noble jerezano es irónico, como Gómez Dávila, ejemplo además de ferocidad. Reaccionario, como Gómez Dávila: «El reaccionario no pretende obligar ni convencer a nadie; simplemente hace una invitación graciosa a alguien que pasa por allí y que lo lee, sabiendo que muy pocos van a aceptar lo que dice». Y, como Gómez Dávila, prefiere el escolio al aforismo.

El marquesado de Tamarón fue otorgado por primera vez en 1712 por el rey Felipe V a Diego Pablo de Mora y Figueroa Miranda y Morales, caballero del hábito de Calatrava. Santiago de Mora-Figueroa y Williams es el IX marqués de Tamarón, nacido el 18 de octubre de 1941 en Jerez de la Frontera, licenciado en Derecho, diplomático, exdirector del Instituto Cervantes y escritor.

Fue teniente de Infantería de Marina en la Milicia Naval Universitaria y recuerda que a causa de unas maniobras de desembarco estuvo a punto de no llegar al bautizo de su hijo. Tiene dos: Diego (Cádiz, 1967) y Dagmar (París, 1973). Su tío y padrino, Manuel de Mora-Figueroa, tampoco asistió al suyo por estar combatiendo en la División Azul, de la que fue precursor.

Santiago de Mora-Figueroa se define como un chico de provincias –igual que su padre y su abuelo– que ha visto mucho mundo desde su metro noventa y cinco.

Dice que no tiene oído, pero no hay nadie que pronuncie mejor Shakespeare a ambos lados de Despeñaperros. Y que lo recite. Tan a menudo como la ocasión le es propicia rememora los versos de la arenga de Enrique V la víspera de la batalla de San Crispín:

> We few, we happy few, we band of brothers;
> For he to-day that sheds his blood with me
> Shall be my brother; be he ne'er so vile,
> This day shall gentle his condition;
> And gentlemen in England now a-bed
> Shall think themselves accurs'd they were not here,
> And hold their manhoods cheap whiles any speaks
> That fought with us upon Saint Crispin's day.

Lo suyo con la literatura también le viene de familia. Su bisabuelo, Manuel Gómez Imaz, era un erudito local sevillano que frecuentaba la tertulia literaria del duque de T'Serclaes. Tamarón cuenta anécdotas y versillos de la época y, al igual que en sus libros, preña las conversaciones de locuciones latinas, historia, aleluyas, erudición, estrofas de canciones de Cole Porter o sonetos de poetas bucólicos ingleses.

Autor prolífico, la publicación de su primera obra –*El guirigay nacional*– se corresponde con el tiempo en que fue director del Centro de Estudios de Política Exterior. Tras catorce años fuera de España como diplomático, Santiago de Mora-Figueroa se dio cuenta un día de que no entendía a los nativos. Los nativos no eran aimaras de la Amazonía peruana o indígenas mauritanos, sino sus pares españoles. Altos funcionarios e importantes intelectuales hablaban una jerga para él desconocida. De ese trabajo de campo surgen dichos ensayos sobre el habla de hoy que, en su última edición (Áltera, 2005), recogen, entre otros, sus celebrados artículos publicados en *ABC* entre 1985 y 1988 sobre asuntos lingüísticos. Su amor por la lengua española le lleva a detestar la pedantería y a procurar, por encima de todo, la precisión en su uso. No abomina, como se cree, de los neologismos: «Pero hay que metabolizarlos».

Dice que los escritores, sus compañeros en la república de las letras, son vanidosos y envidiosos y para que nos creamos lo primero ironiza con que no tiene tantos exégetas como se merecería. Para la cosa de la envidia habla de César González-Ruano. Un dandi, como él. A su manera, como él.

El caso es que González-Ruano se sentaba en el Café Teide, a pocos metros del Gijón, donde le tenían preparado papel y lápiz. Una hora y tres cafés después tenía escrito, en un alarde de capacidad para improvisar, su artículo para *ABC*. Tamarón se queja –con su característico humor– de que su ritual era mucho más penoso. El sábado paseaba por la sierra para oxigenar las ideas y el domingo se encerraba a escribir durante ocho horas con café y pan con aceite y ajo. La ingesta del bulbo le permitía que ni siquiera su fox-terrier le molestase durante «el parto de los montes».

Evidentemente, es una protesta coqueta la suya. Su obra comprende, además, dos ediciones de *El siglo XX y otras calamidades*, *El peso del español en el mundo* (que firma como director), *El avestruz, tótem utópico* y tres volúmenes de *Entre líneas y a contracorriente*, la recopilación de los artículos publicados en su bitácora (la mejor manera de propagar cualquier virus, incluido el que nos acecha en estos momentos, es pronunciar la palabra «blog») entre 2008 y 2018. Amén de dos libros de relatos y cuentos: *Pólvora con aguardiente* y *Trampantojos*.

Y su novela. En *El rompimiento de gloria* da rienda suelta a su pasión por la naturaleza y clases magistrales. Escrita con un léxico casi inusitado –así lo definiría, con tristeza por la pérdida, Delibes–, el lector se encuentra de repente, sin saber cómo ha llegado allí, recibiendo clases de latín (¡e incluso griego!) en un galayo de Gredos, rodeado de piornos y cantueso. Repensando la historia y visitando hoteles suizos, salones de té ingleses o palacios rusos. Por utilizar un concepto con el que se juega en el libro, toda la erudición y la cultura Tamarón están en *El rompimiento de gloria*. Y nos la ofrece paseando por la sierra y haciéndonos escuchar cantos de pájaros y observar vuelos de aves rapaces y tonalidades de grises o amarillos.

No oculta que escribir es un exorcismo. Atempera así sus entusiasmos, tan súbitos como sus odios y olvidos. Tan fugaces que coexisten en su cabeza durante toda una vida (un amor memorable puede durar una semana). En la narrativa, como en los amores, ocurre lo mismo que lo que decían de los albergues españoles: uno encuentra lo que lleva. Por eso acercarse a la literatura es hacerlo a la pasión, sea ésta en forma de amor, deseo, odio o celos. El escritor de ficción no es un notario que levanta acta de lo que ocurre, termina juzgando. Tamarón no necesita la ficción para eso. Desprovisto de remilgos, pertrechado con una cultura inaudita y haciéndose perdonar con antelación por su grato e inteligente humor, vierte en su bitácora –muy seguida y comentada– lo que le viene en gana. Allí podrán leer desde su mejor artículo, «Adiós a la biblioteca ociosa», publicado por primera vez en la revista literaria sevillana *Nadie Parecía* en 2002, hasta su explicación de por qué Cervantes odiaba al Quijote. En efecto, el otrora director del Instituto Cervantes sostiene, como lord Byron –que para eso era un romántico y murió en una guerra–, que el manco de Lepanto, en un ejercicio de bellaquería, se dedica en su obra a destruir y mofarse de todo lo que de bueno y noble puede haber en un hombre, para al final hacerle recuperar la razón.

La honestidad intelectual, como la elegancia, parece una constante en su vida. Tampoco le tembló el pulso cuando, siendo embajador en Reino Unido, presentó su dimisión tras la victoria de Zapatero en las elecciones de 2004 por «desacuerdo con elementos fundamentales de la política exterior del futuro Gobierno español». Un visionario.

En el otoño de la varonil edad –citando a Baltasar Gracián–, Santiago de Mora-Figueroa se encuentra enfrascado en su última obra, cuya temática guarda con celo. Sólo sabemos que no será una autobiografía –«el último que escribió unas memorias con gran sinceridad fue Rousseau. Y le salió algo pueril y exhibicionista. No quiero refugiarme en el silencio ni en el exhibicionismo»– y que la medita en el piedemonte segoviano mientras espera el rompimiento de gloria.

¡Ah! Y ha inventado un nuevo significado para la palabra «bogavante». Además de ser el crustáceo, también es el que rema en la proa, el primero en las galeras. Para Tamarón los bogavantes son los progres esnobs, ansiosos por ser los primeros en cualquier moda. Con lo que se sufre así. Como en galeras.

22

FILÓSOFOS

¿Conocen la canción «Filosofía barata»? Pues es horrible, la acabo de volver a escuchar. Envejeció mal, como Aristóteles. Y recuerden que Aristóteles está en el infierno, aviso de Dante a navegantes. Claro que es de Mclan. Y Mclan no es Radio Futura. Cielos, Santiago Auserón, otro filósofo.

Encuentro muy removido el mundillo últimamente. Carlota Casiraghi ha estado en España como invitada a un festival de filosofía y para presentar su libro *Archipiélago de pasiones*. Apuesto a que el filósofo que la acompaña en su aventura editorial, Robert Maggiori, tuvo que ir al baño a vomitar cuando le comunicaron el título. O eso, o es el hijo de Corín Tellado.

Carlota tiene unos labios inabarcables, una voz grave y sangre indómita con hemoglobina Grimaldi. Usa camisetas de The Smiths y Converse y se casa muchas veces como si se lo creyera siempre. Es perfecta así; no sé por qué tiene que estropearlo pretendiendo ser una intelectual.

El problema de impostar la sabiduría, el intelecto, las lecturas y la reflexión es que te sale el pelo del almanaque

Gotha a la mínima. Las nuevas generaciones con cincuenta apellidos Coburgo Sajonia, nombres intercambiables con los de un chihuahua, estudios de piano eléctrico en Berkeley y novios saudíes abogan por la sostenibilidad del planeta, el empoderamiento ovárico y la libre circulación de «migrantes» por fuera del perímetro de seguridad de sus principados y vecindarios.

Sin embargo, lo de estas criaturas viene de lejos. Concretamente del 68 y sus postrimerías.

Recientemente, el filósofo donostiarra Fernando Savater concedía una entrevista a *El Español* para promocionar su nuevo libro *La peor parte*: «Mi mujer nunca se preocupó por mis infidelidades, sabía que la amaba a ella».

A Savater, que no esconde su progresismo, su bisexualidad, sus traiciones y su cobardía a la hora de afrontar los cuidados de su esposa aquejada de una enfermedad grave, se le perdona todo por su condición de amenazado por la banda terrorista ETA. A mí me parece bien que nos perdonemos todo los unos a los otros. Sobre todo porque su vida privada no me concierne. Lo que no concibo es que todo lo suyo sea elevado a la categoría de incontestable por su oposición al nacionalismo. O por su profesión de filósofo.

Con todo, el problema no es de Savater, que cuenta su experiencia y vende libros. Es de los que piensan que habla *ex cathedra*, con la infalibilidad de la asistencia de una carta de extorsión o un doctorado en Filosofía. Ésos nunca entenderán que respeto su duelo y que me es indiferente su definición de romanticismo.

Pero estamos ante un hombre equivocado en lo ideológico, con dudosas aportaciones al pensamiento y con una gestión tirando a mala de sus emociones y principios,

a tenor del sufrimiento del que nos hace partícipes. Superioridad moral, ninguna, y la intelectual, a debatir.
El victimismo también es el juego preferido del filósofo francés Bernard-Henri Lévy. Todo lo que no le gusta es antisemitismo para él. Y todo lo que le gusta contiene un grupo metil. O varios.

Le reconocerán por su pinta de divorciado en la Costa Azul –camisa blanca impoluta con tres botones desabrochados– y le detestarán por lo de siempre: una cuenta bancaria obscena (por la cantidad y por la procedencia de la pasta) y un discurso progre neoliberal. Sí se puede. Miren las élites cosmopolitas si no.

BHL surge con la nueva generación de filósofos que se oponen a la izquierda radical y al mayo francés, según Wikipedia. Todo mal. Quizá no era tan progre como los maos, los trotskistas o los situacionistas (de lo poco interesante que salió de mayo del 68; Guy Debord y la sociedad del espectáculo), pero es el perfecto representante del liberal posmoderno.

La cigüeña ya no trae niños de París; trae vectores del mundialismo. Su célebre frase *Tout ce qui est franchouillard m'est odieux* («todo aquello que es típicamente francés me resulta odioso») no deja mucho a la imaginación.

Está obsesionado con el Frente Nacional, Putin y Trump. Claro que Trump acaba de declarar que rechaza el globalismo y abraza el patriotismo. Si lo ha hecho con el índice en alto y con sus maravillosos aires de folclórica ultrajada, entiendo que la coronaria de Lévy esté en apuros.

El amigo Bernard-Henri actuó como muñidor de la guerra de Libia y es el hazmerreír de verdaderos filósofos. Su obra académica es prescindible y sus incursiones intelectuales se limitan al teatro y al cine.

Allí ya no engaña a nadie. Aquí, a Valls y a algunos medios que lo han calificado como el «huracán BHL».

Más que un huracán, yo diría que es la tormenta en un vaso de whiskey, un progre liberal hecho grande por su oposición al nacionalismo, pero un internacionalista al fin y al cabo.

Oigan, para eso, para filósofo francés de poca monta, prefiero a su exyerno Raphaël Enthoven. Mujeriego, mediático, sofista cutre y narcisista, al menos reconoce –aceptamos su falsa modestia– que es un simple profesor de secundaria. Y madame Sarkozy nos ha soplado que «tiene pinta de ángel, pero es un diablo del amor».

Y miren: otra cosa no, pero Carla Bruni, en cuestiones de los Enthoven, es una autoridad.

23

SÉ COMO SARTRE

Sólo en lo que voy a contar ahora, ojo. No voy a hacer apología de ideas perversas *et al.* a estas alturas.

Jean-Paul Sartre (París, 1905-1980), símbolo del existencialismo en la década de los treinta, cae prisionero de los alemanes en Padoux siendo soldado del ejército francés durante la II Guerra Mundial. Después es llevado a Nancy y de ahí al Stalag 12D en Tréveris (Alemania). Un poco como Steve McQueen en *La gran evasión*, pero en feo y sin Bud Ekins saltando alambres de espino en una Triumph tuneada.

En la Nochebuena de 1940, Sartre ya ha entablado amistad con un grupo de sacerdotes que le dan a conocer el *Diario de un cura rural*, del escritor católico –y Camelot du Roi– Georges Bernanos. Cuando Sartre se entera de que han conseguido autorización para celebrar la Nochebuena y la Misa de Gallo, se decide a escribir una pequeña obra de teatro como preludio y para dar esperanza a sus compatriotas presos. Después se ha sabido que su participación en la Navidad no se limitó a la representación, puesto que asistió con el coro a la misa.

A modo de versión moderna de los autos medievales de Navidad, Sartre compone una pieza dividida en siete actos, correspondientes a siete cuadros que sirven a la vez de contexto y escenario. Se trata de una obra con cierta carga poética y toques filosóficos algo complejos para el tono popular que requería un público culturalmente heterogéneo de numerosísimos reclusos, pero la narración es sólida y tiene la fuerza de quien conoce el Misterio aunque no lo haya hecho suyo.

Cuando escribió *Barioná, el hijo del trueno*, en el campo de prisioneros del III Reich, hacía ya algunos años que Sartre había publicado *La náusea*, novela paradigmática del nihilismo y reflejo de sus postulados herederos del existencialismo de Heidegger y previos a su giro, el de Sartre, marxista. Era un ateo militante.

Barioná es el gobernador zelote de Bethaur (Bethsur en la tradición cristiana), una población cercana a Belén que soporta la opresión y la dominación romana. Tras su último despacho acerca de la dependencia del Imperio con Lelius, un superintendente romano, Barioná adopta una decisión drástica: pide a su pueblo que se extinga. Que no tengan más hijos como método de rebelarse al sometimiento.

Ese mismo día su mujer le dice que está embarazada. Y que «allí hay una mujer feliz y plena –refiriéndose a María–, una madre que ha dado a luz por todas las madres». El texto del ángel también sobrecogió a propios y extraños al escuchar que un ángel pálido como la muerte tirita de frío, porque «hay en el cielo un gran vacío y una gran espera [...] En estos momentos, en un establo, hay una mujer acostada sobre la paja. Guardad silencio porque el cielo se ha vaciado entero como un gran agujero, está desierto y los ángeles tienen frío».

Barioná es el álter ego de Sartre; ante el sufrimiento se vuelve escéptico y niega la vida. Sartre es el rey Baltasar; participa en la obra encarnando al contrapunto del gobernador, abierto a la esperanza y considerando que el judío se convierte en el primer discípulo de Cristo cuando mira al Niño. Barioná acaba abrazando la Gracia, dotando de sentido al sufrimiento y ayudando a la Sagrada Familia a huir de Herodes.

La decisión más radical a la que puede aspirar un ser humano –aceptar la esperanza o rechazarla– queda, pues, resuelta en la primera obra teatral de Sartre.

En *Barioná, el hijo del trueno*, Sartre instituye a Cristo como punto de referencia de la libertad auténtica.

Tras ser liberado por mala salud y volver a su antiguo trabajo como profesor de Filosofía, Sartre reniega de la obra durante mucho tiempo. No es hasta los años 60 cuando permite la publicación de 500 ejemplares, siempre y cuando vayan acompañados de una nota aclaratoria en la que reafirma su ateísmo. Admite que su primera obra teatral había sido una experiencia afortunada y le había hecho comprender que el teatro tenía que ser un gran fenómeno colectivo y religioso, pero, a pesar de ello, él mismo censura algunos párrafos.

Biógrafos, estudiosos y la Fundación Sartre omiten *Barioná, el hijo del trueno* en el *corpus* literario del escritor. Sin embargo, hay dos cosas ciertas: una carta que Sartre escribe a Simone de Beauvoir confirmándole que «seguramente tenga talento como autor dramático. He escrito una escena del ángel que anuncia a los pastores el nacimiento de Cristo que ha dejado a todos sin respiración [...]», y el texto completo de la obra. En efecto, la viuda de uno de los soldados prisioneros de Stalag 12D que participó en la representación –el filósofo y activista político escribió papeles para unos veintitrés personajes– legó su biblioteca personal a la Biblioteca Nacional francesa en 1998. Entre las obras se encontraba el libreto con el texto original. En español fue recuperada en 2006 por la editorial Voz de Papel.

LA NAVIDAD NO ES MAGIA; ES ESPERANZA

De este modo, siempre es bueno recordar, aunque sea por enésima vez, que la Navidad para los católicos no es magia, sino esperanza. No son selfis con gorros de Papá Noel acompañados de frases motivacionales que harían sonrojar a un entrenador de *crossfit*. No es el «*overeating*» y el «*season's greetings*» del villancico de centro comercial de Frank Sinatra. No es el «*spiced pumpkin latte* con vainilla de Madagascar y virutas de turrón de comercio justo» del café gentrificado de la esquina. Tampoco es una fiesta del afecto o la exaltación del amor y la paciencia con tus propincuos. La Navidad no son chimeneas encendidas o concursos de jerséis de renos en la comida del despacho o la consultora que te explota ni, por supuesto, Mariah Carey dando la turra desde 1994.

Y, por favor, en España los regalos los traen los Reyes Magos. De siempre. Eso de que en sus versiones cristianas los traiga san Nicolás o el Niño Jesús «para que puedan jugar» me parece un coladero, como el cuarto supuesto del aborto. Un padre romano, si no aceptaba o reconocía al hijo –tomándolo y levantándolo por encima de su cabeza–, lo dejaba en el suelo a la intemperie para que lo recogiera quien quisiese, así que los vuestros pueden esperar al día 6 de enero; os lo aseguro. Haced niños estoicos, los vamos a necesitar. Que yo sepa, en el portal de Belén no había ningún fenotipo pícnico vestido de rojo con tendencia a la botella.

La Navidad, para nosotros, es admiración del Misterio de Belén y recuerdo del compromiso salvífico de Cristo. Si no crees y no puedes, como Sartre, escribir una pieza que acerque al Nacimiento de Dios, no pretendas venderme tus solsticios. Si no crees y no puedes, como Brahms, componer el *Réquiem Alemán*, no me hagas comprar tu interpretación de estas «fiestas».

Así pues, celebren la Navidad como quieran, pero es mejor que algunos molesten lo menos posible. Y es que una está muy cansada de que le propongan gato cuando sabe que lo bueno es la liebre.

24

UN AMIGO COMO SENDER

El 5 de octubre de 1947 el escritor español Ramón J. Sender enviaba una carta desde Albuquerque (Nuevo México) a la primera ganadora del Premio Nadal, Carmen Laforet. La autora barcelonesa respondería a esa misiva 18 años más tarde. A partir de entonces, ambos escritores no dejarían de mantener correspondencia hasta la muerte de Sender a los 81 años en San Diego (California).

Dos años después de que la obra de una jovencísima Carmen Laforet –tenía tan solo 23 años cuando publicó *Nada*– se convirtiera en uno de los textos más importantes de la posguerra española, la novela cae en manos del escritor aragonés exiliado en los Estados Unidos desde 1939. Queda tan impresionado por ella que decide escribir a su autora felicitándola, ofreciéndose para difundir *Nada* en América y animándola a cultivar ese talento que le ha dejado maravillado y agradecido.

Laforet, abrumada por su inesperado éxito literario y por la atención mediática de la que es objeto, no sabe quién es Ramón J. Sender y deja la carta en un cajón. Cuando en 1965 recibe una invitación del Departamento de Estado de los Estados Unidos para visitar el país, la escritora –convertida entonces en una mujer casada y madre de cinco hijos– recuerda la carta de Sender y decide responder y proponerle cenar juntos durante su periplo americano. Como si el destino se mostrara esquivo, el escritor había mudado su residencia y no lee esa carta hasta varios meses después de que Carmen haya regresado a España. Sin embargo, finalmente llegan a conocerse en el transcurso de dicho viaje.

Israel Rolón es un joven estudiante que asiste a una conferencia de Carmen Laforet en la Universidad de Georgetown en 1987 y queda subyugado por el espíritu enigmático y la calidad literaria de la autora. Desde ese día dedicaría su vida profesional a estudiar su biografía y obra. En el libro *Puedo contar contigo* consigue reunir la mayor parte de la correspondencia entre los dos escritores españoles a lo largo de diez años; uno llega a esta recopilación por Laforet pero se queda por Sender.

La lectura evidente, la epidérmica, es la que asiste en primera fila al fraguado de una relación, al asentamiento de la admiración mutua, al reposicionamiento de los afectos y a la trayectoria vital y producción literaria de dos de las figuras más importantes de la generación de los 50, con la España de Franco y el exilio «con tierra española adherida en los zapatos» como telón de fondo. La que vale la pena desentrañar –practicar la *alétheia* heideggeriana– es la de la figura de Ramón J. Sender.

El escritor aragonés (Chalamera, 1901) tiene una biografía complicada. Fue oficial de infantería en el bando republicano y su mujer, fusilada en circunstancias nunca esclarecidas. Tras llevar a sus dos hijos pequeños a Francia, el hasta entonces reportero pide ser integrado en las tropas de la CNT pero, pese a sus posiciones cercanas a la revolución soviética, algunos dirigentes comunistas recelan de él. Finalmente abandona el ejército y se reúne con los niños en el país vecino, donde apoya la causa de la República. En el 39, con la toma de Barcelona, decide exiliarse en Méjico. Una vez allí, deja a sus hijos a cargo de una familia americana y funda y dirige *Ediciones Quetzal*. En la época en la que inicia su correspondencia con Laforet es profesor en una universidad de Los Ángeles. Nada de esto le es revelado a la autora de *Nada* en sus cartas. A Carmen no le interesa la política, no la entiende. Sólo le interesan la libertad y la independencia; habla de no pertenecer a ninguno de los reinos belicosos, pero se asfixia en su vida burguesa y en una España gris que respira lluvia, niebla y hollín. Sender ama la patria que ella le cuenta. Añora la mugre, el carácter y la sensibilidad española. Tiene miedo de regresar y conmoverse como «una vieja sentimental», pero quiere volver para dormir hasta hartarse en una aldea de Aragón. O para mirar las nubes levantinas, porque las californianas le resultan plomizas. Ella, sin embargo, quiere huir.

En alguna ocasión se define ante la escritora como anarquista –lo hizo toda su vida– pese a reconocer que, habiendo escrito contra Stalin en el 33, no es bien recibido por los sectarios comunistas, como llama a Rafael Alberti y a su mujer María Teresa León, «de la que todos andamos un poco enamorados». Él no está sometido sin condiciones «como Neruda y algún otro pícaro oportunista».

Carmen y Ramón se llevan veinte años y él la llama «niña bonita». Y le recuerda demasiado a menudo que podría ser su «tío», cuando se pone coqueto, o «su padre», cuando consigue asumir la realidad. Y le manda cariño y abrazos y amistad. Y con el tiempo le dice que está más cerca de él que una amiga, más que una amante. Y vuelve a recordarle que es su hija mimada. O su nieta. O no lo sabe.

No es hasta dos años después de comenzar su correspondencia que Ramón toma la iniciativa de tutear a Carmen. No es hasta después de que ella se separe de su marido, Manuel Cerezales, que Sender le habla de su intimidad.

Carmen tiene una bonita y extensa familia, Ramón nunca consiguió formar un hogar y es profundamente infeliz con su soledad, su asma y sus amigas, en el «limbo», como él llama a su vida americana. Prefiere el infierno, si eso es España. Sus hijos fueron criados por una familia adoptiva y nunca sintieron a Sender como un padre. Andrea, la hija del escritor –que, casualidades del destino, se llama como la protagonista de *Nada*– se hace monja episcopaliana. Moncho, el varón, también explora el misticismo pero en la India, en la música electrónica, en una comuna y en las sucesivas esposas. Ramón le cuenta a Carmen que va por la quinta pero que no ha reñido con las anteriores, porque es un *beatnik*, y ellos no pelean y prefieren vivir en chozas «como Gandhi». Tan sólo adoran al sol y el nihilismo. Sender explica que ha recibido una foto del nacimiento de su nieto –«saliendo el bebé de la vagina»– y que se llama Sun Ray.

Carmen no encuentra cobijo en los escritores de su generación. Cela la veta en un número de la revista *Ínsula* y Umbral extiende posteriormente el bulo de que Juan Ramón Jiménez le escribió una carta hablándole de la pésima calidad de su novela. La aversión de Laforet a las relaciones sociales no la ayuda y es el autor de *Crónica del alba* quien espolea a Carmen en su producción literaria desde un reconocimiento sincero de su talento. Son la noche y el día. Sender escribe compulsivamente para no sentir, para llenar vacíos, para ahuyentar demonios. Carmen detesta lo que hace y se muestra insegura, bloqueada. Él creerá en ella por los dos sin desfallecer, a lo largo de los años y a pesar los interminables silencios literarios de la escritora.

Se afana por que todos en Estados Unidos conozcan la obra de Laforet. «Aquí sólo tuvo éxito un escritor –Blasco Ibáñez– y fue más como masón, tenor de ópera, torero y otros excesos». Pero le concede que, si ha encontrado la plenitud, si prefiere vivir la vida en lugar de contarla, ¿para qué escribir?:

> ¿Para enriquecer a algún editor idiota como Lara? ¿Para que le hagan a uno académico y le lleven a ese panteón con las otras momias? ¿Para decir a la gente sencilla y sana *mira qué listo soy*? ¿*O qué complicado*? ¿Para hacer lo que Narciso en la fuente?

Ramón J. Sender encuentra en la literatura de Carmen el alma femenina al desnudo. Despotrica contra las escritoras que quieren ser hombres, «como la Bazán, Virginia Wolf o Gertrude Stein» y compara a la autora de *Nada*, en ese sentido, con santa Teresa, por quien siente verdadera fascinación: «¡Qué diferencia con santa Teresa!, que escribió tanto y tan despreocupadamente nada menos que de amor –de esa broma– absoluto y eterno con tanta sabiduría femenina».

En efecto, Sender escribió *Tres novelas teresianas* y su religiosidad –profunda y libre–, como su amor a España, es una sorpresa. «A mí me gusta la religión a la manera de santa Teresa, san Juan de la Cruz y, sobre todo, de san Pedro de Alcántara, que a veces me obsesiona. ¡Qué maravilla! He pensado a veces en hacerme cartujo [...]»

La relación epistolar entre dos escritores tiene, lógicamente, un enorme valor literario, pero, en este caso, la ausencia de rivalidad, la admiración mutua y la honestidad intelectual de ambos invitan a creer en almas encendidas.

IV

AMOR

25

ABUELOS

La muerte de mi abuelo me pilló con quince años y no supe reaccionar bien. No ante su muerte, sino ante su enfermedad. Yo fui su nieta preferida, supongo que por ser la mayor y por desbordar la misma imaginación que él. Recuerdo lo guapísimo que era, su elegancia, sus Ducados, sus ojos azules, lo poco que comía, su manera «transgresora», encantadoramente impostada, de relacionarse con los horarios de las comidas y del sueño, todo para desafiar el orden y la rectitud de mi abuela y parecer así un héroe ante los nietos. Su sofá ocupado por ejemplares de *El caso*, literatura policíaca, libros de filosofía y el *París Match*. Los domingos me invitaba a desayunar al Madeira.

No metabolicé su enfermedad. Todavía me quedaba mucho por aprender de la vida. Los últimos meses, cuando no salía de casa, no fui a verlo. Temía no mantener la entereza delante de él. Derrumbarme. O tal vez temía a mi propio dolor. De hecho, acompañé en varias ocasiones a mi madre en su visita diaria, armada de valor, para luego perderlo cuando llegaba al portal. Más de una vez esperé a mi madre sentada en las escaleras de casa de mi abuelo.

El día que murió, mi madre me dijo que, en los últimos tiempos, él preguntaba por mí: «Mi gordita no viene a verme». Ese día tomé una decisión. La había cagado. Mi cobardía y mi falta de madurez habían hecho sufrir a mi abuelo, así que iba a subsanar mi error volcándome en mi abuela. El hecho de tener quince años me hacía creer que todo tenía solución y que en la vida siempre hay segundas oportunidades y no existen los errores irreparables.

Mi abuela era una gran desconocida para mí, eclipsada para los nietos por la arrolladora personalidad de mi abuelo y por su capacidad para embelesarnos con historias y promesas sin sentido.

Era farmacéutica, lo que a mí no me impresionaba; la farmacia era ese lugar donde ir a ponernos ciegos de Lacteol y a pasar tardes sentados en el alféizar de la ventana de la rebotica, y donde vivimos una fascinante aventura cuando la poli nos avisó de que habían entrado a robar unos drogadictos y se habían pinchado dentro.

También era una señora muy religiosa, con una fe inquebrantable y unas prácticas imperturbables, que nos traía una bolsa de piruletas de corazón cuando estábamos enfermos y nos proporcionaba los sobres de vitamina C que tomábamos en las comidas.

Así fue como, poco a poco, fui aficionándome a la tercera edad. A la gente le ponen tierna los niños; a mí, los ancianos. La vejez tiene una doble función: primero, hace mejores personas a quienes la viven en tercera persona, les hace útiles, da sentido a sus vidas; y, a su vez, redime al anciano. La ternura que desprende cualquier anciano es infinita; estar desvalido o desahuciado hace que el mundo olvide tus pecados. Nunca he podido no sentir una compasión profunda por cualquier abuelete, aunque sea palmario que fue un cabrón con pintas.

Con mi abuela aprendí la lección más importante de mi vida, ésa que nos enseña que tal vez la felicidad de otra persona dependa de ti. Eso es una responsabilidad enorme e irrenunciable. Tú tienes mil cosas que hacer en la vida, mil amigos con los que divertirte, mil planes que concretar, mil copas que beber, mil noches que quemar. Algunas responsabilidades, falta de tiempo, mucho trabajo... y ellos te tienen a ti. Su día eres tú. Su felicidad son los diez minutos que dedicas a llamarlos o visitarlos. Eso es lo más importante que hacen durante el día.

Con esta reflexión grabada a fuego en mi mente, descubrí al gran amor de mi vida: mi abuela.

Decíamos ayer que descubrí a mi abuela cuando mi abuelo murió (decir «fallecer» es hortera). Siendo honestos, al principio era una cuestión de conciencia, un desesperado intento de aliviarla. Empecé por pequeños esfuerzos por ser cariñosa y no una adolescente «me da igual el mundo, tronco, y más los abuelos, sólomeimportacualseaelnumerounoenlos40estasemana». Después, a la vez que crecía mi implicación, mermaban sus facultades. Y fue hasta divertido.

Tuvo unos años buenos, lúcidos, de viuda viajera e hiperactiva: reuniones en la parroquia, viajes al extranjero, y su ya famosa declaración de intenciones a mi madre: «Nena, a mí me viene muy mal hacerme la comida, pero, como vosotros coméis muy pronto –a horas en las que yo todavía no he llegado a casa–, me mandas la comida todos los días a mi casa». Olé. Le alabo el gusto. Y así fue. Cuando mi madre se recompuso del shock, empezó a enviarle la comida todos los días. Eso sí, los domingos, que sí que comía en casa de mis padres, acudía siempre con una generosa bandeja de pasteles para el postre.

Durante la época en la que estuve estudiando fuera de casa, le enviaba tarjetas de cumpleaños y la llamaba todas las semanas. En alguna ocasión vino con mis padres a verme, y me contaba anécdotas de cuando ella estudió la carrera, primero en Granada y luego en Madrid.

La Guerra Civil estalló en su primer año universitario y, cuando ésta acabó, les convalidaron a todos el primer curso, para que pudieran continuar. En Madrid completó estudios de análisis clínicos con el doctor Jiménez Díaz.

Claro que, cuando éramos pequeños, lejos de impresionarnos que fuera una mujer rompedora y pionera para la época, nos reíamos cuando nos contaba que fulanito la invitó un día a ir a la piscina y ella dejó de hablarle: «Vamos, ¡quién se había creído que era yo!».

Me gustaba especialmente la historia de cómo conoció a mi abuelo. Un amigo común lo llevó a la farmacia y «él se apoyó en el mostrador y me miró con esos ojos azules y grises, y yo ya no pude escapar». Años después me emocionaría especialmente cuando, mirando al mar, decía: «Hoy tiene el color de los ojos del abuelo».

No nos engañemos: la vejez, cuando empieza a ser invalidante, exige un cambio de mentalidad de quienes rodean a los ancianos. Juan Pablo II dignificó como nadie la vejez.

Debes saber que tendrás que renunciar a tu descanso y a tu ocio para atenderlos. Pero mi madre fue increíble en eso. Se propuso desde el primer momento sobrepasar el límite de sus fuerzas para cuidarla y en eso me ha brindado un ejemplo impagable. Sé todo lo que ha sacrificado por ella. Traté de ayudarla en esa labor todo lo que pude.

La cosa empezó cuando, en una de esas comidas dominicales, le pidió a mi madre que para ella cocinara un pescado, porque el arroz le resultaba «duro». A partir de ahí, todos los domingos le preparábamos algo que ella pudiera masticar con facilidad. Yo no podía evitar la risa floja cuando, a mí, que me sentaba a su lado, me pedía que le pasara los pistachos o los conos 3D, que le volvían loca.

Las anécdotas de ese período son divertidísimas, y quedan para la intimidad de la familia, aunque recuerdo con una sonrisa especial el primer día que no me reconoció. Era verano, yo llevaba un vestido largo, vaporoso y blanco y ella me preguntó que a qué congregación pertenecía. También recuerdo cuando ya no quería comer apenas. Pasó un día entero sin probar nada y, al atardecer, dijo: «¡Pasteles, pasteles!».

Mi hermana y yo corrimos hacia el coche en busca de una pastelería y le compramos tocinitos y cosas fáciles de ingerir. Cuando llegamos triunfantes con la bandeja, la rechazó con un manotazo e hizo saltar los pasteles por los aires.

Ha sido fantástico estar con ella hasta el final; ahora no se recuerdan los puentes sin salir de viaje o las largas tardes encerrados en casa, ni tampoco los esfuerzos físicos y mentales. Sólo se recuerda a la maravillosa persona que fue y la satisfacción de haber llenado su camino de cuidados y amor.

26

MATERNIDADES

Hay dos tipos de madres: la de Albert Cohen –escritor de origen judío nacido en Corfú en 1895– y la mía, y después las otras, todas las demás.

En una ocasión en que Cohen se sintió injustamente tratado por alguien, causándole gran sufrimiento la afrenta, su progenitora le espetó: «Ponte el sombrero ladeado, hijo mío, y sal y ve a divertirte, que eres joven, ve, enemigo de ti mismo».

El autor, que esperaba juiciosas y abstractas palabras de consuelo, quedó complacido con la sabiduría de su madre.

Cruzándose un día la mía por el pasillo con mi versión ojerosa, sin hambre de mundo y la cara ennegrecida con *rimmel* arrastrado por las lágrimas, me dijo algo parecido (aunque desprovisto de la carga poética de la sefardí): «Pues si se ha acabado, a otra cosa».

Ah, el hogar familiar, ese refugio del mundo en el que te arropan y cobijan, decían.

La familia Cohen había emigrado a Marsella cuando su negocio de fabricación de jabón comenzó a menguar a la par que crecía el antisemitismo en la isla griega. En

El libro de mi madre, el escritor rememora su infancia en la ciudad francesa y su posterior traslado a Ginebra para estudiar Derecho en la universidad. En 1943, siendo funcionario en el área diplomática del *Bureau International du Travail* y ciudadano suizo, su madre muere aquejada de una dolencia cardíaca en la ciudad portuaria del sur de Francia, bajo ocupación nazi en aquel momento. Albert Cohen escribe un grito en mitad de la noche que titulará *Chant de mort* y que constituirá el germen de *El libro de mi madre*, publicado diez años después, en 1954, y calificado como la más bella novela de amor que jamás se haya escrito.

Con todo, la anécdota que abre este artículo no es representativa de la personalidad de la madre muerta, más bien al contrario. Debe de tratarse del único *troleo* que la madre de Albert Cohen hizo en su vida.

> Todas las mujeres tienen su pequeño yo autónomo, su vida. Su sed de felicidad personal, su sueño que protegen y que se prepare quien lo turbe. Mi madre no tenía yo, sino un hijo. ¿Qué me queda por amar ahora, con ese mismo amor seguro de no quedar defraudado? [...] Mi madre era un genio del amor. Como la tuya.

La señora Cohen, que aceptó dócilmente un matrimonio no elegido, había finalmente conocido el amor. Pero el bíblico, según el escritor. Aquél que nada tenía que ver con las pasiones occidentales y que se nutría de vivir para el hijo y de la alianza con su esposo contra la vida perversa. Con dificultades económicas, extranjera, semianalfabeta y marginada por la sociedad marsellesa, su vida tenía razón de ser en cuanto que servía a ambos, aunque su esencia quedara diluida en ese quehacer: «Hay pasiones arrebatadoras y luminosas. Pero no hay mayor amor».

En su elegía, Cohen no escribe sobre ella, sangra. Roto, eviscerado, se le antoja imposible vivir y cuando lo hace, cuando se da cuenta de que él respira, ríe y ama, se detesta. Y no sólo. Aún se repudia más por haber reído y amado cuando ella vivía; minutos robados a una presencia que una vez muerta lo aboca al abismo.

La maternidad ejercida por la señora Cohen resultaría hoy inconcebible; en los tiempos de las libertades y la emancipación no le dejan a una decidir sus entregas. El ácido nucleico de rubia de ojos verdes y piernas largas que dio a luz a la criolla de Levante que soy practica una maternidad un poco más *punk* que la de la madre del escritor. Conjuga su «yo» sin delirios con una entrega a la familia. Quédate con una madre que nunca te lea y que, ni mucho menos, crea en esas tonterías del talento.

Con todo, hay dos tentaciones a evitar en esto de escribir sobre la maternidad y una de ellas es clasificar. Desde luego que hay buenas y malas madres –el bien y el mal son categorías absolutas– y, sin embargo, es madre toda aquélla cuya alma pronuncia un *fiat* y engendra una promesa que, como la de un amante bizarro y confiable, perdurará más allá de la muerte.

La verdad es una y admite pocos subterfugios; lo mejor que puede hacer una madre por su hijo es buscar un buen padre y amarlo. Al padre, digo. Esto algunas lo llevan regular. Pero madres también son aquéllas que, con el corazón disperso y los anhelos frustrados, niegan la mayor. Aquéllas que no asimilan que se tienen hijos para que ellos sean felices. No obstante, con el tiempo comprobarán, en efecto, que los hijos te dan la felicidad y te quitan todo lo demás.

Madre es, como en el famoso anuncio de Coca-Cola, la que se come el filete con más nervios. Y la que le da garbanzos para desayunar a su hijo. Y sobre todo la que no tiene qué darle.

«La llamas y está, siempre está, por eso no me he convertido en el imbécil que podría haber sido», dice el chico del anuncio de refrescos. Albert Cohen es aún más agradecido y divertido glosando la incondicionalidad de las madres:

> Me atreví a preferir a una Atalanta a la bondad más sagrada, al amor de mi madre. De haber perdido yo la fuerza, aquejado de súbito de enfermedad, o sencillamente todos los dientes, la poética damisela le habría dicho a su doncella, señalándome, que barriera aquella basura desdentada. Nuestras madres nos aman desdentados o no. [...] Si Laura hubiera perdido de repente brazos y piernas, Petrarca le habría dedicado poemas menos místicos. Y eso que la mirada de la pobre Laura habría seguido siendo la misma y su alma también. Solo que claro, el caballero Petrarca necesita muslitos para que su alma adore el alma de Laura. Pobres carnívoros que somos con nuestros camelos de las almas. Amor de madre a ningún otro semejante.

Madre es la señora que ha adoptado en un orfanato de China a un niño que sufrió un ictus al nacer y cuyo corazón queda ahora rebosante cada vez que el pequeño sonríe jugando con la lluvia. Pero también es madre la que –posiblemente anegada en dolor– mercadea en su divorcio con el hijo como hace con la cubertería de plata.

Madre es aquélla que ha tenido que enterrar a un hijo y también aquélla que sentirá, a buen seguro, cómo sus entrañas se encogen cuando le preguntan si destruyen los embriones que esperan congelados a colmar esa felicidad a la que cree tener derecho.

Desde el sí de María cada mitocondria, cada cordón umbilical y cada placenta dotan a la palabra «madre» de tal majestad que la convierten en el único caso en que los adjetivos no modifican al sustantivo. Madre.

La otra tentación cuando se habla de las madres es la de ser moñas. Es imperdonable escribir pestiños ante el mayor acto de valentía al que se enfrenta una mujer. Toda madre aprende, antes o después, que aquello que le desgarró el alma en alguna ocasión, aquel dolor que en su día juzgó insoportable, se multiplica exponencialmente si lo padece la carne de su carne. Los golpes sobre quien llevó en su seno noquean con atónita brutalidad el corazón de una madre. Y a ti una espada te traspasará el alma.

Ser madre es vivir con una navaja que bascula desafiante sobre el corazón.

Acaba su libro Cohen con estas palabras: «Hijos de madres aún vivas, no olvidéis que vuestras madres son mortales. Pero os conozco y nada os sustraerá de vuestra loca indiferencia mientras vuestras madres sigan aún vivas».

Mujeres, todas las madres muertas que os han hecho posibles os miran desde el espejo. Madres, feliz día.

27

MELANZANE ALLA PARMIGIANA

Despiértame cuando te vayas. No abriré los ojos y harás como que duermo. Pero mientras te duchas daré gracias a Dios por el beso de buenos días y por tu cuerpo bajo el agua. Hoy no trabajo, al menos por la mañana. Dependerá de la inspiración. No sé qué me pasa: llevo unas semanas bloqueada, no escribo nada que no sea lamentable. Ni siquiera lo guardo para tratar de mejorarlo en otra ocasión porque sé que buscas entre mis archivos para leerme. Jamás dejaría que vieras que tiro de lugares comunes o imito a otros. Ya sabes que lo hago, pero los dos fingimos que soy especial. Tú sigues haciendo como si yo creara algo nuevo todos los días.

En el fondo tienes razón, anoche creé un desastre importante tratando de cocinar una langosta Thermidor para la cena.

Acabamos cenando fuera y bebiendo champán. Lo insuperable fue volver. Medio abrazados, más por frío que por preludio, con las calles vacías y la madrugada acechando. Tú tenías que levantarte temprano hoy, pero decías que no cambiarías ese paseo por nada. De vez en cuando hay que ver así la ciudad para no odiarla.

Aunque aún no sé si vivimos en un pueblo. Quizá cerca de Comillas. No tenemos perros, eso seguro, y yo tampoco la farmacia. En un pueblo siempre es más vocacional y yo no tengo de eso.

Es complicado porque a veces lo que quiero es investigar y, aunque juré no volver a tocar un tubo de ensayo, pienso que no debe de haber nada mejor en el mundo que ayudar a curar. El cuerpo. El alma no la cura el arte, eso es una estafa, y, en cualquier caso, es muy discutible que alguien haga arte después de Cervantes o Eliot. Todos deberíamos haber dejado las letras tranquilas, a nadie le hace bien una panda de soberbios pretendiendo que escribimos por la humanidad. Tú te ríes y dices que te parece bien que me cargue el Siglo de Oro mientras levantas la vista de un poema de san Juan de la Cruz.

Tampoco sé si eres médico. Me gusta la idea pero eso complicaría algunas cosas, como que mis celos estuvieran controlados o que pasáramos tiempo perdidos en nuestra *cottage* en Worcestershire, una construcción de 1900 remodelada por un prestigioso arquitecto, o sin hacer nada especial. Serías de los que va a su bola, eso seguro.

En realidad, me enamoré de ti así. De ti haciendo nada. Leyendo, al lado de la chimenea en el *lobby* del Lygon Arms. Averigüé tu nombre y pasé la noche quemando el Wi-Fi del hotel en busca de todo lo que había en la red sobre ti. No me preguntes dónde, pero leí algo que habías escrito sobre el amor y la trascendencia y todo lo demás me dio igual. Como que no seas médico.

Eres algo serio, eso sí. Nada de psicólogo o diseñador de webs.

Tú te declaraste al día siguiente, en aquel pub de Chipping Campden. Estabas allí por el festival de literatura.

Yo no, pero te dije que sí. También bebí dos whiskeys. Pillaste, divertido, que mi hígado gritaba «qué cojones haces». Jamás me has vuelto a ver tomar más de una copa.
　Lo que me gusta de nosotros es que, si una noche te comento que este invierno tan frío me está matando, treinta y seis horas más tarde estamos en Arroyo 872, besándonos en la Florería Atlántico, o tomando algo en cualquier otro bar de Buenos Aires.
　Músico. Que fueras músico estaría muy bien. Follaríamos con la danza de los Oprichniks de Prokófiev. Y dirías que no es irreverente, que seguro que él la compuso empalmado.
　Si pincho yo pongo a Wilson Pickett, «I found a true love», y separo el cabecero de la pared.
　Fumas como John Wayne y sólo me has amado a mí. No hablas mucho de tu pasado, pero es imposible que te hayas podido dar así más veces.
　Ser ingeniero no te pega. En ese caso sabrías hacer pequeños arreglos caseros y somos de los que llaman a un operario a la mínima. El electricista de la empresa de servicios nos miraba con curiosidad cuando le expliqué que las luces de la sala llevaban un año fundidas. No entiende que nos vale con la chimenea y que hacemos vida en el estudio. Tardes enteras leyendo o escribiendo en las que lo único que se oye es el chasquido de unos labios despegándose de otros de vez en cuando. Además, te interesa muy poco todo lo que ofrece el mundo moderno.
　Anoche te comenté que, si sólo pudiera comer una cosa en la vida, serían berenjenas a la parmesana. Imagino que, entonces, pasaremos el fin de semana en Il Salvatino y que iremos en coche escuchando arias, rezando o cantando algo de Raffaella Carrá.

Tu envergadura me obliga a llevar tacones, pero lo haces por eso. Eres tan alto porque una mujer debería llevar siempre tacones y falda de tubo. Esto casa mal con vivir en un pueblo cántabro de calles empedradas y salir a cenar unas conservas en la única mesita del ultramarinos. Entonces eres un escritor famoso, pero aquí no le pareces especial a nadie.

Al principio encontré tu alma insondable, y me costaba tanta reciura. Pero Gabriel y Galán dice que eso es porque es castellana, tu alma. Ahora ya sé que amas casi sin hablar, y que somos felices porque siempre sabemos qué hacer los domingos.

Los días que quiero llevar Converse no eres tan alto. Quizá es mejor que seas cirujano y que hayas venido al mundo a salvar vidas y yo a salvar tu alma. Todo en orden.

Celebramos mucho, todo el tiempo. Parecemos tristes porque el mundo nos ofrece poco, pero por dentro estamos descojonados. Invitamos a casa a los que admiramos y no cocino langosta. Tenemos la luz fundida y te piden que toques algo siempre. Eres músico.

Los días en que no me gusta la soledad estoy casada contigo.

28

LO DE CUCA

Llevo unos días tarareando eso de que «el amor es un milagro y que importa sólo a dos» de Revólver. Hasta que me he dado cuenta de que es «que el amor es un misterio» de Luz Casal. Tanto da.

Será la vocación –lo que calienta el corazón– o la constatación de que cualquier reconocimiento por vaya usted a saber qué texto o qué actividad profesional me la trae un poco al pairo, pero el caso es que lo del amor lo tengo por la única Arcadia. El principio del fin de la soledad, el Calippo de limón después de una calada a un pitillo, el último baño de la temporada, el Matsu que ha esperado su ocasión, la primera hoja del otoño en las calles, las berenjenas a la parmesana en Toscana, el ascensor en la universidad.

Al fin y al cabo, eso, escribir, publicar *selfies*, asumir una portavocía política, cocinar, meter la pata o hacer declaraciones de dudosa consistencia intelectual también lo hacemos para que nos quieran. Y que conste que no pasa nada por tener otras metas, pero la mía es el roce de su piel.

Cuca Gamarra, portavoz del Grupo Popular en el Congreso, ha explicado recientemente a la prensa que piensa que su soltería se debe al temor que infunde una mujer con poder a los hombres.

Cita Enrique García-Máiquez al respecto el poema *Nocturno* de Chesterton:

> Las estrellas, ¡millones de ellas!, brillan
> y nadie más que Dios sabe su número.
> Pero una sola, ¡ella!, fue escogida
> aún antes de nacer para mí sólo.
> ¿Cómo puede encontrar alguien su amor
> y no volverse loco?

Lo veo y subo a Camilo, una especie de quinqui (por ir hasta las cejas de quincalla) que en dos videoclips –uno en un chalet con piscina, y otro entre la colada tendida en lo que parece ser un asentamiento– canta certeramente: «¿Por qué yo si en este mundo hay millones? ¿Por qué yo si tienes tantas opciones?»

Ambos escritores –dejo fuera a Camilo, que creo que aún está un poco verde– nos quieren hacer ver la excepcionalidad del encuentro, que no dudan en calificar de milagro. Quizá la reflexión de Gamarra se presta a una cierta condescendencia al advertirle que todo es gracia, que no hay nada malo en ella y que no hay culpables en esto de la soltería. Ni con taras ni tan cucas.

Decía un amigo, cincuentón y soltero recalcitrante, que para tener el 90 % de los matrimonios que conoce prefiere no tener nada. Como ven, desde todas las trincheras se puede ejercer la caridad y la compasión.

A mí me da la impresión de que el milagro está un paso más adelante. Enamorarse es relativamente sencillo. La mayoría cumplimos ciertos estándares intelectuales, estéticos y espirituales que no necesitan de almas especialmente elevadas para entrarles por el ojo. Ese ojo que, precisamente, al fijarse en nosotros nos dota de la excepcionalidad que no tenemos. Estamos llenos de dioses, al modo platónico, porque nos han mirado y no al revés. Así pues, el verdadero milagro es quedarse. El milagro no es encontrarse ni reconocerse. Es dar el paso al frente, salir del cuerpo cansado que somos y la mente bombardeada por estímulos que impiden reposar en otra alma igual de rota. Apostar a pérdidas. Desconectar el móvil después de la cena, acostarse a la vez, leer los tres mejores artículos del día en voz alta en la cama, tener los mismos enemigos, decir «apaga tú». Que la soledad deje de tener el sabor metálico de las benzodiacepinas. Brindar por las derrotas y preñar (se) de Victorias.

La búsqueda, como si fuera metadona, del bienestar personal y el ego lo ponen muy difícil. El ensimismamiento, que sabotea el entusiasmo y la manera entregada de habitar al otro, imposibilita que una vez acabado el *show* –cuando termina la música, se deshinchan los globos, la dopamina se relaja y el estómago ya no se encoge– la voluntad se haga cargo del percal.

Cuando decides a quién quieres enseñar tus heridas que creías incurables, como decía Prada, ya no valen empoderamientos, dones, belleza física, textos sublimes. Ni erótica del poder, ni reina del baile. Tan sólo quedan dos almas frente a frente que se muestran miserias y deciden no traicionarlas.

Lo verdaderamente inaudito es que alguien guarde lealmente todos tus secretos, de ahí la devastación de la ruptura. No sólo se va él sino que se lleva a otra parte tus debilidades, tus rarezas, los borbotones de sangre que manan del desgarro y tus rincones oscuros. Hay que elegir muy bien también con quién se rompe. A saber por dónde desperdiga tu despiece. Debería ser obligatorio tener una crisis profunda en el noviazgo. Vivir el momento en el que los *no puedo vivir sin ti, no hay manera* se transforman en palabras graves. En el que quien nunca te haría daño te hace jirones. «Cuando se van las ganas / cuando más falta hacen», por seguir parafraseando a pensadores de nuestro tiempo. A C. Tangana el honor.

Y justo es en ese momento cuando acontecen milagros. Cuando, atenuada la mirada que nos confería un fulgor especial, apaciguadas las ganas, constatada nuestra naturaleza humana e imperfecta por parte de quien nos había divinizado, alguien decide entregarse. Salir de sí mismo, determinar que va con todo, acompañar en el naufragio y que, a cambio, sólo te pide lo mismo.

Es ahí, Cuca. Es ahí donde todos somos simples seres humanos y dignos de ser amados.

29

APOLOGÍA DE LO ETERNO

La ninfa Sálmacis se enamoró perdidamente del hijo de Hermes y Afrodita, Hermafrodito. Éste la rechazó y, mientras se bañaban en un lago de Caria, ella lo abrazó fuertemente pidiendo a los dioses que no se separaran jamás. Los cuerpos se soldaron y ya nunca fueron dos, sino una sola forma doble. Por eso hoy llamamos «hermafrodita» al organismo que reúne los dos sexos en un mismo individuo. ¿Se imaginan no tener que abrir un Matsu, admirar al otro o entregarte en espíritu para copular? ¿Qué son los dioses griegos? ¿*Millenials*?

Esta nefasta solución por parte del Olimpo no sorprende; en el mundo grecolatino, la concepción del hombre, de la mujer y del matrimonio es muy pobre. Sin embargo, en el judeocristiano se ve sublimada por la Revelación. Y Dios –que está más interesado en lo eterno que Sálmacis y yo juntas–, además, no nos quiere aguar la fiesta. Así que nos regala *Gen* 2, 24 («y serán los dos una sola carne»), pero nos deja con nuestra feminidad y con su masculinidad. Sin embargo, la precisión bíblica de «una sola carne» nos obliga a mirar la plenitud y profundidad de esta unidad. En el *Cantar de los Cantares*, en particular, se hace una exaltación del amor conyugal y en el Antiguo Testamento, en general, del eros. El cristianismo no viene a erradicar el eros, sino a complementarlo con el ágape. A dotarlo de orden, propósito, comunión y trascendencia. La búsqueda o deseo de Dios subyace en la posesión física de otro ser humano. El hombre que vive al margen de la fe ve el deseo físico como un fin en sí mismo. Tras alcanzarlo, el abismo. Bien lo sabe Proust. O Tristán e Isolda, para los que su amor perdura hasta que se consuma la pasión. Sin embargo, el deseo con una finalidad mayor, sobrenatural, consigue parecerse a Dios.

El escritor Léon Bloy (1846, Francia) dedica una serie de cartas a la que sería su tercera mujer, Jeanne, una danesa protestante que se convierte al catolicismo, y que son recopiladas por la editorial Nuevo Inicio bajo el título *Cartas a mi novia*. El epistolario es de una belleza sobrecogedora, pero a Bloy hay que saber leerle. Conocerlo, por tanto. Una mirada cínica a sus escritos nos hablaría de un trastornado, una personalidad bipolar –lo de atormentado ya nos lo dice él–, y se quedaría en la superficie, con la poderosa prosa del autor y su intransigencia hacia el mundo.

Hay, por tanto, que *ser* Bloy para que su lectura arrase tu corazón, sacuda tu alma y devuelva a ambos al mismo sitio pero ya nunca iguales. Y para ser Bloy no es necesaria una inteligencia prodigiosa, una visión preclara de lo divino o saberse acreedor de una misión cuasi corredentora. Basta con haber vivido el tipo de sufrimiento –físico, psíquico o espiritual (en Bloy convergen)– cuya única esperanza es la fina hebra que conecta con un Dios que guarda silencio.

La escritora estadounidense Flannery O'Connor sentía que Bloy era el iceberg de su Titanic. Y deseaba que la hiciera añicos. Con este panorama, Jeanne Molbech comienza a recibir cartas de aquel hombre extraño al que conoció «en circunstancias de muerte», regresando de un funeral. Al preguntarle a su amiga que quién era él, ésta le respondió: «Un mendigo».

Ese *mendigo* tenía 43 años e importantes obras literarias, entre las que destaca *El desesperado*, a sus espaldas.

A lo largo de la relación epistolar, Bloy abre su corazón a Jeanne, porque encuentra en ella el amor que redime su devastación. «Viviremos juntos como elegidos, de amor y de inteligencia. Nuestra vida será un poema de pensamientos sublimes». La carga poética y amorosa de las cartas es tan intensa que una no tiene más remedio que ir a buscar una fotografía de Jeanne, imaginándola la más bella de las mujeres, merecedora de paroxismos de amor. Y resulta que la destinataria de las promesas de Bloy [«Te llevaré donde jamás tu habrías podido ir (...) Haré nacer en ti pensamientos que te lanzarán a desconocidos encantos»] es tan sólo un alma que acoge las miserias de su amante y se entrega sin reservas al hombre naturalmente triste que la ama con pasión desmedida.

Si bien C. S. Lewis explicaba que una mujer ha de estar tan cerca de Dios que un hombre no tenga más remedio que perseguirlo para alcanzarla, en este caso es Bloy quien advierte a Jeanne: «Yo vivo en el Absoluto y en el Amor; hay que ser muy generosa y muy fuerte para seguirme». Pero no por eso deja de tratarla como a una igual.

Léon Bloy, en las pocas alusiones al sexo en sus cartas, dice que «el amor sexual es una chiquillada divina, una exquisita y recíproca delectación que supone, hasta cierto punto, la providencial ascensión de la carne sobre el espíritu». Ahora es Bloy el que estaría de acuerdo con O'Connor: «El acto sexual es un acto religioso y cuando ocurre sin Dios es un acto vacío».

Ninguno de ellos sería desmentido por Benedicto XVI en su encíclica *Deus caritas est*.

La versionada canción «Hallelujah» de Leonard Cohen relata la conocida historia del rey David, un piadoso hombre de Dios que se enamora de Betsabé, una mujer casada, y se acuesta con ella. En una de las estrofas, David se lamenta de que Betsabé le haya arrancado un «aleluya» (alabad a Yahwé), que él sólo destinaba a Dios. Betsabé le contesta que qué más da un «aleluya» sagrado o uno roto.

Si Betsabé no hubiera estado desposada y su amor con el rey David hubiera sido lícito, además de evitar el dolor y la concatenación de pecados (recuerden las vicisitudes de Urías), tendría razón. ¿Qué más da un «aleluya» piadoso que uno expresado a través del ser amado en el vínculo establecido por Dios?

El escritor José F. Peláez dice que leer a Bloy es como si te hablaran, a la vez, Quevedo, Unamuno, el profeta Baruc y un personaje de Dickens. Por mi parte, creo que, si entendemos todo lo anterior, el eros y el ágape, el don de sí mismo y la trascendencia que no niega la carnalidad, las cartas de Bloy a Jeanne –una oda a la ternura– se podrían leer como si de una novela sicalíptica se tratara.

30

CON RILKE

No conocemos la inaudita cabeza,
en que maduraron los ojos. Pero
su torso arde aún como candelabro
en el que la vista, tan sólo reducida,

persiste y brilla. De lo contrario, no te
deslumbraría la saliente de su pecho,
ni por la suave curva de las caderas viajaría
una sonrisa hacia aquel punto donde colgara el sexo.

Si no siguiera en pie esta piedra desfigurada y rota
bajo el arco transparente de los hombros
ni brillara como piel de fiera;

ni centellara por cada uno de sus lados
como una estrella: porque aquí no hay un sólo
lugar que no te vea. Debes cambiar tu vida.

-Rainer María Rilke-

Esto no va de apostillar ni de enmendar la plana, tengo todo contra *Cosmopolitan*. Tengo todo contra el adosado en una ciudad dormitorio, la tele LED de 65 pulgadas y el domingo en el centro comercial. Contra las cenas de chicas, los *stories* de Instagram, el *satisfyer* y otras formas de dejar el alma como un erial.

Dices que el sueño, el de encontrar a «alguien», está enterrado y, aunque pienso que además tiene un mausoleo de cinco toneladas encima, es Dios quien llama. No le digas lo que tiene que hacer.

Te concedo, efectivamente, que el amor es el encuentro más peligroso. Porque tiene neones como un *diner* de la ruta 66 y porque cubre las mismas necesidades.

Porque anhelamos como yonquis la belleza y la encontramos en unos ojos, un torso o unos dedos recorriendo nuestra espalda.

Pero ocurre que lo que importa no es el torso. Y por eso necesitamos a Rilke. Lo que importa es lo que no está, lo que nos falta. Y nos faltan miembros. El poeta alemán habla del torso arcaico de Apolo, una escultura sin extremidades. Nos habla de lo que queda y nos dice que cambiemos de vida. Debemos construir una vida con eso pero no podemos desprendernos de lo que nos falta. El anhelo, la búsqueda y la sed insaciable son nuestra naturaleza, la manera en la que estamos configurados. Están en cada una de nuestras mitocondrias y no piensan irse por mucho que nos empeñemos en fabricar seres humanos y meterle mano a su ADN. Es lo que tiene tener alma. Somos niños abandonados en mitad de la noche que buscan a su padre. Necesitamos el valle de lágrimas, el camino escarpado, el paisaje agreste y la calle angosta que nos hace salir de nosotros en esa búsqueda.

Y podemos habitar el mundo de manera luminosa y verdadera, aguantando la mirada en el espejo, envainando la miseria propia y haciendo poco caso al gran espectáculo de vanidades y brillos a nuestro alrededor. Vivimos en un carnaval veneciano y nadie va a venir a quitarnos la máscara. *Aletheia.*

El amor que tanto anhelamos, la soledad, la carencia, el vacío, el miembro amputado, al fin y al cabo, no es otra cosa que Dios. Llevamos una eternidad en la casa del Padre y apenas unos minutos aquí. Queremos volver; el hogar como instinto.

La posesión física del otro y la transferencia emocional no es más que, ay, un albergue. Una parada camino a esa morada que es principio y fin. Una posada que te resguarda de las inclemencias del tiempo y de lo hortera de meter fichas en una discoteca pasados los 40.

Y es aquí donde te contaría que, si dos entienden eso, el amor es una hamburguesa chorreante en un *diner*, el sexo un parque de atracciones y te da igual que el otro apriete mal el tubo de dentífrico. Los dos conscientes y anhelantes de un deseo mayor. Eso borra de un plumazo infidelidades, problemas de autoestima y terapias de pareja.

Proust se daba cuenta de que el amor era lo único que valía la pena en la vida, pero lo concebía como accidental, sin propósito. Una vez satisfecho era causa de decepción y frustración. Lo esperable cuando se le otorga la categoría de punto culmen de la existencia y se le despoja de la cualidad de búsqueda de lo sobrenatural.

Tristán e Isolda vivían de su pasión en cuanto que no materializaban. Una vez consumada, sólo cabía la muerte. Otros que no han entendido nada.

Entonces, ¿qué queda si no crees? No te preocupes; tienes opciones:

Te quedan los divorcios otoñales, los cruceros por el Mediterráneo, los locales de citas rápidas, las aplicaciones de polvos rápidos. Te queda Santorini y conectar con tu yo interior en la India. Te quedan las clases de yoga, usar cosmética sin parabenos. Te queda ver «El Hormiguero» por las noches, magrearte con tu compañero de oficina en los baños. Te quedan los selfis con filtros y las tetas de plástico. Los tomates ecológicos, Marina D'Or, ahorrar para unos Manolos. Te queda votar a Ciudadanos, te queda PornHub.

Te queda *Cosmopolitan*.

31

¡LEVANTAOS, SÍ, LEVANTAOS!

Decía Gustav Mahler que, cuando llegara el fin del mundo, él se iría a Viena porque allí todo sucedía cincuenta años más tarde.

Nosotros no tenemos cincuenta años más. Quizá sí ustedes, pero yo al menos ya no los tengo. Lo sé porque recientemente he descubierto pequeñas manchas de sol en las manos. Mi abuela decía que son flores en el cementerio.

El primer movimiento de la Segunda Sinfonía de Mahler –Resurrección– comienza con una heroica marcha fúnebre. El Titán ha muerto, y nosotros con él. *Totenfeier.* Ritos fúnebres por el fin de la vida y de los bares cerrados.

Este año me he perdido. Dos veces. Una de ida y otra de vuelta. En la de ida tenía un edredón como abrigo y el espíritu se acostumbró rápido a la voluptuosidad del amor, al color de las flores frescas y al gozo de vivir. La de vuelta es a la intemperie. En la ida él era un astro y a mí me orbitaban satélites; en la de vuelta, la conversación política y el relato de un nuevo mundo disparatado asola el corazón gastado. Hace algo más de un año, mi alma –la nuestra– era como la Viena de *fin du siècle*, despreocupada y sibarita. Con sus más y sus menos y sus quejíos, porque todos llevamos dentro a un gitano del Sacromonte lamentándose por algo, pero podíamos contar la vida en do menor: los abrazos y la arena, sus palabras divagando en mi piel y la tierra caliente, los chiringuitos y los turistas. El poderoso drama, simplemente, proseguía.

Un año después, todo es colérico y violento, sin rastro de épica, hablando en neolengua, llorando a gentes que se fueron y soportando desmanes oficiales, fealdad institucionalizada, restricción de movimientos, mascarillas que nos *hacen la pascua* a las guapas y un BOE de coña. Nuestra vida ya no es más la sensual capital del Imperio austrohúngaro (lo sé, tengo algo idealizado el pasado) y en un *allegro maestoso* nos debemos preguntar el porqué del sufrimiento. *Fin del primer movimiento.*

En el segundo movimiento, el héroe recuerda los momentos felices de su vida terrenal. No debemos olvidar un mundo en el que el Mediterráneo nimba con luz secreta rostros morenos, existen Florencia y Petra, el champán y el comté, el Alvear Palace, Dante y los hombres elegantes. Aún tenemos que amanecer en Maldivas, tomar cócteles en Florería Atlántico, encender una chimenea en Chipping Campden, ver a la condesa de Chinchón en el Prado y recorrer la Toscana en un Giulietta Spider.

En cierta ocasión, san Antonio de Padua, harto de que nadie acudiera a escucharlo, decidió ir a predicar a los peces. Éstos atendieron al sermón y después se marcharon. Mahler expresa con este *scherzo* la vanidad, la angustia existencial del héroe que, torturado, lanza un grito de desesperación. La completa pérdida de la fe lleva irremisiblemente a una vida sin sentido. *Tercer movimiento con dos golpes de timbal.*

Es una tentación, desde luego. Que la tristeza arrugue la esperanza y que la frustración lo ponga todo perdido. Sin embargo, y a pesar de la apoplejía intelectual y moral que nos rodea, somos Ezequías –rey del reino de Judá– poniendo las cartas sobre la mesa y pidiéndole a Dios más años de vida. Aunque a veces esta parezca escrita por un letrista de saetas. Aunque la tozuda actualidad baquetee, insidiosa, nuestra alegría.

Pero ¡ay! la esperanza… La esperanza es insolente, posee el sentido innato de la frase rotunda que nos disuade de sucumbir bajo el hechizo de angustia y nos espolea con la fiebre recidivante del alma. Urlitch, luz primitiva. En el cuarto movimiento aparece un ángel que confirma el final de la duda en un ambiente de éxtasis. El ser humano, atorado por fuerzas tenebrosas, es iluminado por la claridad prístina. Vence quien se libera de la intimidación que ejerce la incredulidad. La victoria necesita la reacción instintiva hacia todo lo que sea auténtico, espiritual. Y la voz grave de una contralto.

«Toda pasión está abocada a una resurrección y la nuestra no va a ser menos. ¡Mi hora llegará!», decía Mahler.

LA HORA DE LOS AUDACES

La creación artística y el escepticismo son dos cosas incompatibles y lo nuestro, lo de los que estamos de parte de la belleza, es verdad, trascendencia y por tanto arte. Será la hora de los audaces. Nuestra hora llegará.

La Resurrección no es un acontecimiento diurno; tuvo lugar de madrugada. No todos pueden verlo. Tan sólo muestra sus últimas profundidades a las almas que no ignoran las tinieblas, a quienes pasearon los caminos de la noche. Volveremos a amar y a bailar; la libertad, en realidad, nunca la hemos perdido. Porque creemos somos libres.

Tras el salvaje grito de desesperación de un pájaro se recuerda la fragilidad humana y la llegada de la temida hora, las fanfarrias anuncian la resurrección. El Juicio Final ha llegado y la angustia crece hasta que los metales lanzan el grito victorioso que disipa las dudas finales. La vida ha triunfado sobre la muerte. Un resplandor divino ilumina a las almas que se dirigen a su celestial destino.

No hay versos más bellos que los de Klopstock para creer. Lo que ha latido habrá de llevarte a Dios.

¡Resucitarás, sí, resucitarás,
polvo mío, tras breve descanso!
¡Vida inmortal
te dará quien te llamó!
¡Para reflorecer has sido sembrado!
El dueño de la cosecha va
y recoge las gavillas,
¡a nosotros, que morimos!

¡Oh, créelo, corazón mío, créelo!
¡Nada se pierde de ti!
¡Tuyo es, sí, tuyo, cuanto deseabas!
¡Lo que ha perecido resucitará!

¡Oh, créelo: no has nacido en vano!
¡No has sufrido en vano!

¡Lo nacido debe perecer!
¡Lo que ha perecido, resucitará!.

¡Cesa de temblar!
¡Disponte a vivir!

¡Oh dolor! ¡Tú que todo lo colmas!
¡He escapado de ti!
¡Oh muerte! ¡Tú que todo lo doblegas!
¡Ahora has sido doblegada!

Con alas que he conquistado
en ardiente afán de amor
¡levantaré el vuelo
hacia la luz que no ha alcanzado ningún ojo!
¡Moriré para vivir!

¡Resucitarás, sí, resucitarás,
corazón mío, en un instante!
Lo que ha latido
¡habrá de llevarte a Dios!

Fin del Quinto Movimiento.
Feliz Pascua de Resurrección.

V

Y TRES RELATOS…

32

HEROÍNA DE BARRIO

La afgana. La afgana, contestaba siempre.

El día que vio su nombre en el listado de «ayudas y concesiones» del ayuntamiento fue el segundo mejor día de su vida. Ella nunca tenía suerte, pero aquel piso de protección oficial le salvaba la vida. Su marido se había pirado una tarde de enero con lo puesto, un portazo y un bofetón que casi la derriba y, desde entonces, no había podido pagar ni una sola de las facturas de suministros. Ni una letra de la hipoteca.

El mejor día de su vida había sido aquél en el que nació Santi, hacía ya dieciseis años. Ahora podría comenzar de nuevo con él. Le parecía liberador mudarse de barrio, escapar del ambiente enrarecido del hogar y de la mala baba de las vecinas. De los días atrincherada en casa, sin abrir la puerta a mensajeros y acreedores. De romper cartas certificadas y requerimientos de pago que el cartero colaba por debajo de su puerta cuando sabía que estaba en casa. A veces se escondía en su habitación con la luz apagada y la música muy alta para no oír el timbre incisivo. El médico le había recetado ansiolíticos y ella solía doblar la dosis. Eso, y que todas las mañanas diluía media pastilla en el desayuno de Santi. El crío no decía nada, pero ella sabía que aquella situación le estaba pasando factura también. Al final, el piso del ayuntamiento resultó ser un regalo envenenado. El barrio estaba a tomar por saco de todo y sus nuevos vecinos no eran la alta burguesía precisamente. Pero la asistente social le había conseguido un empleo limpiando locales de asociaciones municipales y aquello era mejor que pasar la tarde entera llorando, golpeando la pared con su cabeza y con la radio a todo trapo para no oír el timbre.

Santi había hecho amigos rápidamente y pasaba todo el día entre el instituto y los recreativos. A veces ni le oía llegar por la noche; ella caía rendida después de dejarle la cena preparada en la cocina. Muchas madrugadas se despertaba temblando de frío sobre la cama sin deshacer y con la ropa del día anterior puesta.

Hasta esa maldita llamada. El día en que, al otro lado del teléfono, una mujer que masticaba chicle le preguntó si era Toñi Benavente y le soltó sin cambiar el tono de voz que a Santi lo había llevado la policía al hospital. Después de eso todo fue muy rápido. Se maldijo cada día por no haber estado atenta, por haber obviado la mirada de lobo hambriento de su hijo. Un lobo hambriento que tiene delante a su presa y no la ve. Por haberle parecido cosas de las modas que el chico pasara el verano con una camiseta de manga larga de Eskorbuto. Por no haberse parado a pensar por qué algunos meses el dinero no le daba si no había hecho gastos extraordinarios. Por no ver que, por las mañanas, la cena de Santi aparecía siempre en el cubo de la basura.

Al chaval le dieron antibióticos para la flebitis y a ella unos folletos de una asociación, y les mandaron a casa.

Él le contó después que el pedo era muy guapo y que le ayudaba a pasar el día sin pensar en nada. Pero que hacía ya dos meses que no le subía y que ahora pensaba todo el día. Pensaba en cómo conseguir más. Toñi compró un libro de química y aprendió palabras que no le sirvieron para nada. Algunos días fue a pillar por él.

Otros, lo encerraba con llave en su habitación y se ponía la música alta –otra vez la música y los cabezazos contra la pared– para no oírle gritar de desesperación. Para no escuchar sus aullidos de lobo hambriento. A veces pasaba el mono abrazándolo fuerte –conteniendo su tiritona– y vomitaba por el olor de las heces de su hijo.

Aprendió a preparar un chino cuando las venas de Santi estaban destrozadas y él le pedía que le pinchase en el cuello. Santi no se duchaba cuando perseguía al dragón, decía que le quitaba el viaje. Sudaba mucho y ella le limpiaba los restos de sangre reseca de las manos y los pies. En esos momentos pensaba que se parecía al Cristo de la iglesia. Y le daba gracias porque este cuelgue no había sido hundiendo la aguja en la carne de su hijo. Le lloraban los ojos a Santi por el vapor, pero prefería eso a que él le pidiera que le palpara la yugular.

Afilaba las agujas de las chutas –cuando en la farmacia no querían darle más– con raspadores de las cajas de cerillas y las colocaba en la mochila de Santi, envueltas en papel y limpias.

Incluso pensó en meterse un pico para entenderle, o para irse con él o para no pensar en nada. Pero nadie cuidaría de ellos entonces.

Toñi tenía siempre preparada agua con sal para reanimar a Santi en caso de sobredosis. Lo había aprendido en un libro de la biblioteca de uno de los locales que limpiaba. No sirvió de nada. Una madrugada, cuando ella regresó de buscar jaco, Santi ya no respiraba. Estaba azul y ella le ponía sal y lloraba y le pegaba y le insultaba y le inyectaba más sal.

Dos días después de la muerte de su hijo la llamaron de los Servicios Sociales para decirle que el chico había sido admitido en el programa de metadona del distrito. Les mandó a tomar por culo y subió el volumen de la radio.

Se le acercaba poca gente; ella había entrado colateralmente a formar parte de los cuchicheos y de la marginalidad. Pero, de vez en cuando, alguna madre que estaba pasando por lo mismo la miraba a los ojos y le decía que era una heroína.

— La afgana –contestaba Toñi–. La afgana es la mejor heroína. Gana siempre.

33

LILI

Tengo frío. Me duele el pecho y me cuesta respirar. Todo el mundo habla a mi alrededor, pero no entiendo nada. Oigo sirenas de ambulancias, la palabra «disnea», cómo cae el cambio de una máquina de café, ese gracioso chorrito que llena el vaso y a un niño llorando.

Tengo frío porque es invierno. Sé que es invierno porque es Navidad. Sé que es Navidad porque estoy con mi madre cocinando sarmale. No hemos podido conseguir carne, así que será como siempre, con mucho repollo. Le pondremos tres huevos cocidos que le han dado a papá por trabajar la tierra. Y el resto de huevos que hemos estado guardando serán para el cozonac del postre. Van a ser unas Navidades estupendas.

— Lili, presta atención a lo que haces; no vayas a derramar la leche.

Me llamo Aurelia, pero mamá siempre me llama Lili. Y siempre está preocupada por la comida. Yo nunca me quejo de hambre para no entristecerla.

Una voz familiar dice que se va. No sé a dónde y no sé de dónde. Tampoco sé qué me pasa; entiendo el castellano pero no lo que me dicen. Si me esfuerzo por comprender vuelve el dolor de pecho. Estoy tumbada en una camilla con los ojos cerrados.

He salido al callejón de detrás de mi casa. Está nevando, pero necesito comprobar que los perros están bien. Son callejeros y están aún más flacos que yo, cualquier día aparecerán muertos y no podré volver a jugar con ellos.

Quiero mantener los ojos abiertos porque veo bolas de colores brillantes que cuelgan de espumillón verde, pero el bullicio y el dolor me impiden disfrutar de la decoración.

Mamá murió el año pasado. Nos habían dado una caja de medicinas a cambio de que papá trabajara dos semanas las tierras, pero, cuando se acabó, el doctor dijo que necesitaba otra caja. Y ya no pudimos conseguir más.

Papá bebe desde entonces y morirá pronto también. Yo me veo a escondidas con Florin y así se me pasa el tiempo rápido. Además, me cuenta historias fascinantes, es muy bizarro, lo persigue la Securitate y lucha por nuestro futuro.

Me he dado cuenta de que estoy embarazada y me acuerdo mucho de mi madre. El mismo día en que se lo conté a Florin demolieron nuestra casa. Ahora vivimos en una habitación con cinco personas más.

Tengo dos niños rubios y no hay cozonac para el día de Navidad.

— Lili, no vayas a derramar la leche –decía mamá. Ahora no hay leche, ni siquiera en mis pechos.

Alguien está escuchando mi pecho. Quiero decirle que me duele, pero prefiero no abrir los ojos. Ahora se hincha mi brazo, algo ejerce mucha presión durante un minuto. Me mueven, creo que me estoy moviendo. Voy a algún sitio. Quiero que lleguemos ya porque cada víscera de mi consumido cuerpo se resiente con el traqueteo. Me gustaría decir que me dejen volver a mi habitación en Calafat, pero tampoco me sale la voz.

Florin se ha ido a trabajar a Bucarest. Va a construir la Casa del Pueblo. Ganará mucho dinero y podremos comer bien y calentarnos.

— Te lo prometo, *iubi*, y compraremos un Dacia y una casa bonita.

Nunca lo volví a ver. Dejó de enviarnos dinero un año antes de la Revolutia. Les dije a los chicos que murió por nuestro futuro, pero todas las noches me pregunto si nos abandonó.

Mis hijos tienen hambre. No lo dicen para no entristecerme, pero les oigo sollozar en la oscuridad.

Estoy preparando una bolsa de viaje, nos vamos. Mi primo Adrian dice que en España podremos cocinar sarmale con carne. Que empezaremos el milenio brindando con champán. Hace diez años que el Conducator fue ejecutado y seguimos en el infierno.

Hay mucho bullicio alrededor, me zarandean con ímpetu, mucha gente corre y oigo algún grito angustiado. Me ponen cables y me quitan la sábana, pero no siento frío.

— ¿Quién es esta señora? ¿Quién la está atendiendo? ¡No hay latido!

Me preguntan mi nombre, escuchan mi pecho, corren, dicen que llegué por la mañana.

Una joven me habla a pesar de que cree que no puedo oírla. Me dice que tranquila, que me va a poner una cánula y a insuflar aire, que ya vienen con las palas. Consiguen que mi corazón vuelva a latir unos minutos.

Ahora sí siento frío y la joven vestida de verde se da cuenta y me tapa. Me toma la mano y no la suelta mientras me transportan a otro lugar.

Subimos en un ascensor; la chica está preocupada, pero me sonríe cada vez que me mira. Aunque yo no pueda verla, siento su sonrisa.

Intento abrir los ojos. Quiero saber si donde me llevan habrá bolas de colores de Navidad y espumillón verde.

«Me llamo María», dice la joven. Es rubia con flequillo. Podría ser mi nieta, pero no recuerdo si tengo nietos. Tiene ojos grandes que a ratos parecen asustados.

Llegan más personas, vestidas de blanco y de verde. Miran unos papeles y me miran a mí. Hablan. No entiendo casi nada, sólo palabras sueltas. Otra vez dicen «disnea». Cuando vaya a la residencia tengo que preguntar a mi amiga Vanja si sabe qué es.

Manipulan la vía de mi brazo, hablan con un tono de voz bajo y preocupado. Lo suben para preguntarme mi nombre.

–¿Cómo se llama, señora? ¿Lo sabe? ¿Puede oírme? ¿Cuándo ha llegado?

La máquina a la que me han conectado comienza a pitar. Ese ruido incesante y agudo no me deja pensar en los adornos rojos y verdes.

«Lili», me gustaría decirles. «Me llamo Lili, pero no llegué por la mañana; estoy en Dolj. En la cocina, con mi madre. Preparamos *sarmale* y *cozonac* porque es Navidad. Ella me llama con suavidad: "Lili, no vayas a derramar la leche"».

34

FARALAES

Epifanio Cornejo le daba mala vida a su mujer. Incluso desde antes de conocerla.

Amalia Benavente zurraba a su marido. Más porque socialmente era lo que se esperaba de ella que por venganza, odio o desprecio.

Epifanio y Amalia se habían conocido hacía treinta años en las fiestas del pueblo. Cuando él vio su pantorrilla desnuda elevar el volante del traje de flamenca mientras *La Paquita de Jerez* cantaba «Dame un rizo de tu pelo», juró que se casaría con ella. Para celebrarlo, gastó los últimos reales de su jornal con una de las chicas de Casa Asunción.

Amalia tenía dieciséis años y movía la bata de cola obligada por su padre, Antonio Benavente, que no quería oír hablar de las tonterías de su única hija. Él no estaba muy pendiente –bastante tenía con preocuparse de que una bacteria no acabase con los cuatro olivos que les daban de comer–, pero su mujer le había insinuado que a la niña le gustaban las cosas de misas y curas. Prohibió a su familia volver a la iglesia y se encargó personalmente de que Amalia, núbil y etérea, hiciera lo que todas las muchachas: salir, festejar y encontrar marido. Ya tenía edad de dejar de ser una carga para él, pero no iba a consentir que fuera a costa de entregarla a esas carmelitas del convento de Villaencinas. Eran pobres pero dignos. Ningún Benavente había pisado nunca una iglesia y aunque a las mujeres se les permitían esas supersticiones, su hija no iba a causarle tal deshonra.

Así pues, Amalia se acostumbró a hacer lo que se esperaba de ella sin rechistar. No opuso resistencia cuando aquel hombre pidió su mano a su padre ni cuando hizo uso del matrimonio por primera vez. Aprendió a disfrutar de su vida interior y a impostar la social. Cada vez hablaba menos y hacía mejor lo que se le pedía.

Los meses que precedieron a su boda, Amalia se escapaba todas las noches a rezar las vísperas con las hermanas. Aquello llenaba su pecho, daba coraje a su alma y brillo a su mirada. Desde muy pequeña pasaba más tiempo con las monjas que el que su madre imaginaba, y de ellas había aprendido más que en la escuela. A veces las monjas le dejaban quedarse a cenar en el refectorio y ella se sentía mejor que en casa, en su lugar en el mundo.

Cuando la superiora le dijo que, una vez casada, tendría que renunciar a esas visitas furtivas, Amalia enfermó gravemente. Sus ojos se secaron y quedó sin voz durante tres semanas. Su piel se tornó cetrina y acartonada y el médico no encontraba la causa de la enfermedad de aquella chiquilla que parecía un cadáver al borde de la descomposición.

Hasta en el cuarto que ocupaba se podía percibir un cierto hedor putrefacto.

Sólo la visita de la hermana portera consiguió devolver la luz a sus mejillas y traerla de nuevo a la vida. Sor

Herminia le ofreció una estampa de Santa Teresa y un paquete que escondieron apresuradamente cuando oyeron a Antonio Benavente regresar del campo.

Epifanio celebró en casa Asunción la recuperación de su prometida y, aunque la encontraba menos lozana que antes, quiso que los esponsales se celebraran cuanto antes, sin esperar a la primavera.

Y así, con la estampa de santa Teresa prendida en el sostén, la mirada perdida y un mundo interior paralelo, Amalia Benavente se convirtió en la mujer de Epifanio Cornejo.

II

Epifanio Cornejo fue fiel a su mujer durante un mes. Intentó renunciar a sus tardes en casa Asunción, pero pronto se dio cuenta de que sucumbiría de nuevo. No es que Amalia no fuera una buena mujer; es que era como si le pidieras que renunciara a su tabaco. Fumaba desde los once años y sólo uno después había acompañado por primera vez a su padre al prostíbulo. No, no eran cosas que se le pudieran pedir a un hombre. Las costumbres de cada uno estaban para ser respetadas.

La convivencia transcurrió tranquila durante el primer año. Amalia no preguntaba, no indagaba, no imaginaba. Tenía la cena lista y la casa limpia. Visitaba a su suegra cada domingo y, de regreso a casa, Epifanio la llevaba a tomar un vermú. A las cinco, después de la siesta dominical, le hacía el amor mientras ella recitaba mentalmente las Completas.

Amalia estaba preñada de su primera hija cuando empezó a intuir miradas reprobatorias, cuchicheos con voz intencionadamente clara, corrillos de vecinas exaltadas que hablaban de ella. Interpretó estas percepciones como un descuido de su vida espiritual. Si se daba cuenta de lo que ocurría a su alrededor era porque estaba distrayéndose de lo que verdaderamente la hacía feliz para escuchar el mundanal ruido. Redobló su recogimiento, triplicó sus oraciones y se obligó al ayuno cuando estaba sola.

Fue su madre la que, con todo el tacto del que era capaz, le dijo que estaba poniendo en boca de todo el pueblo a la familia. Que su marido era un putero y que ella no hacía nada.

«Y qué quieres que haga, si me da igual. Si tengo marido como tengo el pelo azabache. Yo no lo pedí, no lo busqué, no lo anhelaba, nunca lo soñé. El amor que yo conozco arrastra a una dicha profunda y a una perdición final. Mi espíritu se resiste a la caída, está enajenado, como todos los grandes enamorados, y, este delicioso tormento –la pasión– me mantiene viva, aunque me veáis inerte y vana. Hablo con el Absoluto día y noche, con un amor que no se basa en soportes perecederos. A veces Él no está, pero esa ausencia no hace más que avivar la llama de mi pasión.

»Mi espíritu ni siquiera ha de defenderse de la tentación, porque ésta no existe. Ni siquiera ve un obstáculo en la muerte porque la muerte exaltará hasta el infinito el amor.

»Ahora llevo un hijo en mi vientre, ya he cumplido mis obligaciones de esposa. Nunca más volveré a yacer con Epifanio y, esta castidad voluntaria será el triunfo de la pasión sobre el deseo, una victoria de la muerte sobre la vida. La muerte que espero presta».

«Estás completamente chiflada», le dijo su madre. No sé si llevarte al médico o al cura, a que te saque el diablo.

Vas a ir a los dos. Qué he hecho yo para tener una hija así. Oculté todas tus manías a tu padre y así me lo pagas, volviéndote loca. Nunca te faltó el pan ni una bofetada a tiempo. Tu padre nunca te rozó y pasé noches enteras cosiendo tu vestido de gitana para que algún mozo se fijara en ti. Así me lo pagas. A quien tiene que llevar pronto el Señor es a mí. Porque mira, si sigues callada, si nadie se entera de que has enloquecido, pues lo sufriré yo, que lo sé. Pero, como te dé por hablar, tu marido te encerrará en el loquero y a tu padre le dará algo. Y qué va a ser de esa criatura que traes, que tiene menos culpa que yo. Bastante nervioso está Antonio con los rumores sobre Epifanio. Esa es otra, que yo venía a hablarte de eso. Que mingas desbocadas hay muchas en el pueblo, todas. Menos tu padre, bien lo sabe Dios. Pero mujeres que vivan en el limbo como tú, pocas. Que no se trata de que no deje la picha reposar; se trata de que tú no te ofendes. Que de eso hablan las vecinas. Te lo voy a decir claramente porque no vives en este mundo. Cuando Epifanio llegue a casa perjudicado y a las tantas, coges la sartén y le marcas la cara. Sí, donde se vea. Un golpe seco, que se le haga un cardenal bien grande. Y ya está, hija. Mira que es fácil que no hablen de una, pero tú a lo tuyo, sin importarte tu padre y yo.

«Y ahora a hablar con don Damián, menos mal que es mayor y sordo. Hay que hablar con curas viejos, que ya solo quieren perdonar. Los jóvenes son justicieros y te complican la vida».

El tono coercitivo de su madre no le dejaba opciones, pero, lejos de compartir con don Damián sus cavilaciones, aprovechó para limpiar su alma en una confesión descarnada y purificadora. Salió de la iglesia con ímpetu, pasión renovada, experimentando más que nunca el gozo de su delicioso tormento, proveniente de una potencia extraña.

III

Epifanio Cornejo ha encontrado un nuevo trabajo en uno de los yacimientos de cobre de la región. Empresas británicas explotan el suelo y brindan a las familias una oportunidad de prosperar. Antiguamente, una vez extraída la piedra de la mina, la transportaban en carros tirados por bueyes hasta unas barcazas que practicaban el tramo final del río hasta las embarcaciones atracadas en el puerto con destino a Inglaterra. La construcción de una línea de ferrocarril que conecta la mina con el muelle ha impulsado el negocio y los hombres empleados son cada vez más. Amén de los barrios victorianos y el hospital construido para los trabajadores expatriados de la empresa, que también da cobertura a los nacionales.

Epifanio ha sido destinado a una de las minas subterráneas, y en principio su misión es el trecheo de carretillas de mineral desde los pocillos interiores hasta una de las galerías. Trabaja trece metros bajo el suelo, pero está entusiasmado. De hecho, muy en su línea, rechazó trabajar en una explotación a cielo abierto de cobre oxidado porque ser picador en una de las terrazas no le parecía suficiente para su hombría. El primer día, quiso estar tan cerca en la tronadura que fue severamente amonestado.

Sin embargo, su carácter atrabiliario se ha ido suavizando a medida que crece su fervor por todo lo que tiene que ver con el trabajo. Su relación con otros zafreros es excelente y pasa el tiempo libre leyendo sobre el cobre y sus propiedades y contándole, a todo el que quiere escucharlo, usualmente porque es convidado por Epifanio a unos chatos, cómo le han permitido desatar la roca o la extraordinaria ley del mineral que están pallando.

Incluso, tras la primera semana de trabajo, en lugar de ir a celebrar a Casa Asunción que había encontrado el sentido de su vida, fue directo a su hogar, habló durante toda la cena sin tomar aire a Amalia sobre las enormes posibilidades aquel mineral verduzco –de un verde que subyugaba– y de cómo aquello que él ayudaba a extraer era posteriormente tratado en procesos de chancado y molienda para liberar el cobre de la roca. Y cuando hubo finalizado el postre, la llevó –no sin dejar de hablar de la fundición del mineral sulfurado para llegar a la máxima pureza– al dormitorio para preñarla de su segunda hija. Amalia se resignó a yacer con ese cuerpo salpicado de restos de polvo y trazas de sulfuros metálicos sobre el que el trabajo duro había dibujado cierta musculatura y le pidió a Dios que convirtiera a Epifanio en una estatua de bronce.

Y, de esta manera, con un Epifanio abducido por el cobre, es como Amalia Benavente pudo sacar adelante a sus dos criaturas, Maite y Carmela, en un hogar sin gritos ni alharacas. Ella cosía para las vecinas y eso le permitía rezar sin descanso, soportar la matraca del cobre de su marido, dirigir a sus hijas a una vida de piedad y sobrellevar este mundo que se le hacía, cada día más, una losa pesada, un camino al cielo demasiado largo y tortuoso.

— Bendita mina, que ha prevenido a Epifanio de encarnizarse –contestó Amalia a su anciana madre cuando ésta le preguntó cómo le aguantaba.

IV

Carmela y Maite crecieron, se convirtieron en mujeres de provecho con el ejemplo y ayuda de su madre e iniciaron un pequeño negocio de costura. Amalia les enseñó el oficio, el gusto por el trabajo bien hecho, les transmitió el arte aprendido de su madre –a la que siempre vio cosiendo desde aquel primer vestido de gitana– y el amor por los detalles en cada puntada, en cada dobladillo, en cada hilván, transmitido por las monjas del convento que frecuentaba en su juventud.

Pero un día, inopinadamente, fue incapaz de enhebrar una aguja, después perdió el tabaque donde guardaba almohadilla, alfileres y dedales. La semana siguiente fue incapaz de zurcir un siete que Epifanio traía en los pantalones y, esa misma tarde, dejó el derechuelo del vestido de doña Sagrario lleno de hilos y remates.

Ella misma comprendió que había llegado el momento de retirarse, que su declive era alarmantemente rápido y que su final estaba cerca.

Efectivamente, no se equivocaba. El Señor quiso que la agonía final fuera liviana –quizá porque ya había sufrido lo indecible durante toda su vida– y, tras pasar un mes en cama, cetrina, expidiendo un olor a amoníaco que sugería una infección generalizada, Amalia Benavente expiró a la edad de 72 años y confortada por los Santos Sacramentos.

Epifanio Cornejo decidió pasar los dos últimos días de vida de Amalia, el del funeral y el del sepelio, borracho. Maite y Carmela se ocuparon de amortajar a su madre y preparar el velatorio y la misa fúnebre.

Llorosas y afligidas, con los ojos enrojecidos y el alma encogida por haber perdido a su puntal en este mundo, entraron en la habitación de su madre, sin notar la atmósfera cargada, el hedor, la luz tenue e insuficiente, y se dispusieron a prepararla. Maite le pidió a Carmela que bajara la maleta del armario. Al principio Carmela quedó desconcertada pero luego recordó que su madre, un par de años atrás, les había confiado su última voluntad, durante una tarde de costura en el taller. Quería ser enterrada con el traje que guardaba en el altillo del armario de su cuarto. Se mostraba segura y firme y no esperaba de sus hijas sino el acatamiento de la orden. Pasara lo que pasara.

La estupefacción de Carmela no pudo ser mayor cuando abrió la maleta. Maite ahogó un grito tapándose la boca con la mano.

— No puede ser, esto es una broma –articuló Carmela en cuanto se repuso.

— Tenemos que hacerlo; era su voluntad y juramos cumplirla.

— ¿Mamá enterrada vestida de faralaes? Es que me niego…

— Entiéndelo, Carmela –intentaba razonar Maite desde su conmoción– Este debe de ser el traje que le cosió su madre, con el que conquistó a papá.

— Ya, ¿y? ¿Crees que le guarda cariño? Pero si se detestan, Maite, que pareces boba. Han conseguido tolerarse, pero cada uno vivía en su mundo; no seas ingenua.

— Mira, yo estoy igual de confusa que tú. Esto no me parece serio ni coherente, pero no me corresponde juzgar. Estamos aquí para cumplir la voluntad de la mujer que nos dio la vida.

— Sea –accedió Carmela.

Y así es como Amalia Benavente fue depositada en su última morada; vestida con un traje rojo brillante, con grandes lunares y volantes. Cayó la tierra sobre su ataúd con el llanto desconsolado de sus hijas de fondo y la ausencia de Epifanio Cornejo en sus exequias.

V

Dos meses después del entierro de su madre, Carmela y Maite decidieron habilitar la habitación de ésta como un pequeño taller satélite del local principal. Así, cuando se quedaran cosiendo hasta tarde, no tendrían que cruzar las dos calles que las separaban de su negocio. Incluso alguna clienta de confianza podría venir a probarse a su casa.

Removieron la cama y la mesilla de la habitación y dejaron el chifonier y el armario para guardar telas y aparejos.

Carmela se estaba ocupando de limpiar el armario cuando su mano tropezó con una caja de latón guardada al fondo del mismo.

Se puso lívida. No quería pensar, no podía articular palabra. Intentaba llamar la atención de Maite pero el hallazgo le estaba nublando la razón. Sin saber muy bien por qué, la visión del traje de flamenca ocupaba su mente. Trataba de decirse que esa relación que estaba estableciendo involuntariamente era espuria; su cabeza le estaba jugando una mala pasada.

Sacó la caja, la depositó sobre una silla y la abrió. Justo en el momento en el que Maite se giraba hacia ella.

Justo a tiempo para que ambas pudieran ver primorosamente doblado, planchado y envuelto en papel de seda, un hábito marrón de carmelita terciaria[*].

---

[*] La anécdota con la que concluye este relato pertenece a la tradición oral de Andalucía.

EPÍLOGO

ENSANCHAR LA VENTANA

Escribir es la manera de alejarse del siglo en el que le cupo a uno nacer, decía Gómez Dávila. A veces, el siglo es el propio corazón que bombea, sin permiso y sin piedad, ajeno a nuestras súplicas de tregua. Algunas sístoles las carga el diablo.

Cuanto más escribo, menos ganas tengo de dar lecciones sobre lo que es escribir. Repartir carnés de la cosa es peligroso, sobre todo si a quienes los expiden se les escapan las inseguridades por las costuras, aunque sean las de la camiseta de canallita.

No he tenido el valor de leer a Proust, pero es conocido un pasaje de *En busca del tiempo perdido* donde el barón de Charlus, personaje inspirado –dicen– en el excéntrico dandi Robert de Montesquiou, instruye a su amante, el violinista Morel, sobre la nobleza francesa de una forma bastante cruel para los notables de provincias.

Charlus hace a Morel la lista de las familias que merece la pena frecuentar: los Tremoïlle, Uzès, Castellane, Luynes, Montesquiou... y La Rochefoucauld. Uno de los personajes más conocidos de esta saga fue François de la Rochefoucauld, duque del mismo nombre, y ser inquieto que tocó múltiples palos, desde el militar pasando por el de la política, el filosófico o el de la escritura. Son muy conocidas sus *Máximas*, donde, en el estilo de la época (siglo XVII), reflexiona sobre las pasiones humanas ayudándose de cortas sentencias que diseccionan el espíritu del hombre.

La Rochefoucauld nos dice que «todos culpan en otros lo que en ellos es culpable». Es decir, aquello que con más ahínco criticamos en los demás, lo que menos indulgencia nos inspira en el prójimo, es el reflejo de nuestros propios defectos. Esto es particularmente cierto en el universo del *juntaletrismo*.

Me quejaba un día al periodista Gonzalo Altozano del rollo cainita, de la farfolla que hay detrás de las bambalinas, de la suciedad bajo las alfombras. Apiadándose de mi candidez de recién llegada me dijo: «Esto es igual que en todos los sitios. En el taxi también pasa. Lo que ocurre es que aquí hay que lidiar con el ego de gente muy tocada».

Escribir es un regalo. Ayuda a exorcizar los demonios interiores, el corazón derribado por la bola de demolición del desamor y las dudas de fe. Lo que se recibe es un efecto colateral: el escritor luminoso hermana sus heridas con las del lector y en ese momento actúa de bálsamo. «El lector» no es el destinatario de un bien de consumo, y que vibre en tu misma longitud de onda no dice nada de tu talento; sólo de tu audacia para desnudarte. La palabra «luminoso», en este caso, no es gratuita. Al igual que en la fluorescencia, que ocurre cuando un electrón excitado por una fuente de radiación vuelve a un estado de reposo emitiendo, a su vez, luz, para escribir es necesario despojarse de las consecuencias, cerrar con llave el cajón de la calculadora y dar, ensanchar, ser generosos. Regalar vulnerabilidad y recibir admiración. Parece un trato perverso y por eso gestionarlo no está al alcance de motivaciones espurias. Umbral, por ejemplo, lo era –generoso– con «los cachorros de la manada». Cuenta Gistau que no temía las invasiones del territorio como aquéllos que tienen «meado su adoquín, su triste hueco».

Algunos textos, cual Saturno, devorarán al escritor, a quien, convertido en personaje, no le quedará más remedio que vagar por el Hades de la literatura, impostando una vida *ad infinitum* y *ad nauseam*. Que nunca llegue el momento de sacar rédito del amarillismo o del sentimentalismo; la feligresía no compra motos cuando la profesión va por fuera.

O peor aún, el momento en el que el DJ pone la última canción, se apagan las luces y la soledad te cuestiona, como una vieja inquisidora, si valió la pena el espectáculo y los aplausos. La resaca de garrafón es un paseo en góndola comparada con la vida preguntándote si estás cuidando de los tuyos y amando.

Sin embargo, Salvador Sostres me contó en una ocasión que cuando descubrió que tenía habilidad para escribir –ésta sólo se convierte en talento a través del esfuerzo– se preguntó que para qué vivir directamente pudiendo vivir a través de la escritura.

Reflexiono sobre todo esto tras leer –Gil de Biedma decía que lo natural es leer– el artículo de Guillermo Garabito titulado «Desde mi ventana grande» y publicado en *ABC*. En él, el columnista habla del equilibrio entre lo vivido, y lo vívido, y lo escrito. No se puede meter la vida en una columna si ésta no te ha dado antes algún que otro gañafón.

Poner la vida perdida de imágenes evocadoras es urgente. Hacerlo desde la mirada limpia, la mesa desordenada, la ventana de Garabito y las intenciones correctas, un don reservado a almas escogidas.

Es tan importante saber llegar como quedarse. Ayudar, equivocarse, pedir perdón, irse, abandonar la mentalidad *middle class*, no dar el coñazo y permitir que cada uno viva, escriba o haga valer las redundancias como quiera.

Santiago de Mora-Figueroa y Williams, marqués de Tamarón, cuenta que su primer libro lo presentó Luis Rosales. Tras el acto, en un salón de la escuela diplomática en Madrid, el poeta granadino le preguntó al que con el tiempo acabaría siendo director del Instituto Cervantes que con qué escribía. Tamarón le respondió que con pluma. Rosales le corrigió: «Digo de beber. Yo sólo escribo con coñac».

Y con todo, pienso que la vida desnuda y la humanidad doliente espolean el talento mejor que cualquier Negroni. Con el aliciente de que no corres el riesgo de convertirte en un vídeo de Pantomima Full.

AGRADECIMIENTOS

Sin orden ni concierto. Ellos sabrán por qué. Gonzalo Altozano, Pablo Velasco, Julio Llorente, Dani de Fernando, Juan Pérez de Guzmán y su mujer Armelle, José Antonio Gil, Miguel Rodríguez, Marta Campo, Aurora Pimentel, Elena, Patricio, Victoria y María, Ángel Olmedo, Daniel Barraca, Daniel Ramos, Marisa de Toro, marqués de Tamarón, Ignacio Raggio, Cristian Campos, Antonio O'Mullony, Raúl Santos y Fernando López.
Gracias, Borja.

La segunda edición de *Whiskas, Satisfyer y Lexatin*, primer título de Ediciones Monóculo, terminó de imprimirse en Madrid el 24 de octubre de 2021.